hanser**blau**

»Wenn man Fabio Gedas *Ein Sonntag mit Elena* gelesen hat, geht man ein wenig achtsamer durch die Straßen – so schön beschreibt der Italiener den Trost von Mitmenschlichkeit und Zufallsbekanntschaften.« *Donna*

Fabio Geda, 1972 geboren, arbeitete viele Jahre mit Jugendlichen und schrieb für Zeitungen. Bereits sein erster Roman *Emils wundersame Reise* war in Italien ein Überraschungserfolg; das Buch *Im Meer schwimmen Krokodile* brachte ihm international den Durchbruch, und *Ein Sonntag mit Elena* (hanserblau 2020) stand auch in Deutschland auf der Bestsellerliste. Fabio Geda lebt in Turin.

Verena von Koskull hat Italienisch und Englisch in Berlin und Bologna studiert. Sie übertrug unter anderem Matthew Sharpe, Curtis Sittenfeld, Tom McNab, Carlo Levi, Simona Vinci und Claudio Paglieri ins Deutsche. 2020 wurde sie mit dem Deutsch-Italienischen Übersetzerpreis ausgezeichnet.

www.hanserblau.de

FABIO GEDA

Ein Sonntag mit Elena

Roman

Aus dem Italienischen von
Verena von Koskull

hanserblau

Die italienische Originalausgabe erschien 2019 unter dem Titel
Una Domenica bei Einaudi in Turin

Ungekürzte Taschenbuchausgabe
1. Auflage August 2021
ISBN 978-3-446-27060-2
Veröffentlicht bei hanserblau in der Carl Hanser Verlag
GmbH & Co. KG, München

This edition published in arrangement with Grandi & Associati
Umschlag: ZERO Werbeagentur, München nach einem
Entwurf von ZERO Werbeagentur, München
Motiv: © Ysbrand Cosijn/Arcangel Images
Autorenfoto: Elisa Geda
Satz im Verlag | Druck und Bindung: GGP Media GmbH,
Pößneck | Printed in Germany

Meiner Mutter, Heimat

Man sollte darüber eine Geschichte schreiben:
nehmen wir [...] einen Mann, der allein lebt,
außer an den Wochenenden, wenn ein paar Enkel
aus Spokane herüberkommen.

RAYMOND CARVER

Im Morgengrauen jenes Sonntages war da mein Vater und stand im dritten Stock des Hauses am Boulevard Lungo Po Antonelli am Küchenfenster. Er sah dem Fließen des Flusses zu. Jenseits des Wassers lagen die Häuser von Madonna del Pilone und dahinter die Collina, die gelben und roten Blätter der Ahornbäume, die auf die erste Sonne warteten. Er war siebenundsechzig Jahre alt und seit acht Monaten Witwer, in denen ihm klar geworden war, den Dringlichkeiten in seinem Leben mehr Aufmerksamkeit gewidmet zu haben als den Wichtigkeiten; doch konnte er daran nun nicht mehr viel ändern, außer sich und seinen Kindern zu beweisen, dass er in der ihm verbleibenden Zeit das eine bewusster vom anderen zu unterscheiden vermochte.

Er trank seinen Kaffee, den Blick auf einen Baum geheftet, den der für Turiner Verhältnisse ungewöhnlich starke Wind in der vorigen Woche niedergerissen und flusswärts gestoßen hatte; jetzt bevölkerten Vögel die dürren Äste, die sich wie die Finger eines Verdurstenden nach dem Wasser streckten.

Er ging ins Bad, leerte seine Blase und blieb lang auf der Kloschüssel sitzen, dann drückte er einen Strang Zahnpasta auf die Zahnbürste, begann, sorgfältig zu putzen, und betrachtete sein von der Seite beleuchtetes Gesicht im Spiegel. Zufrieden stellte er fest, dass das zwar feine graue Haar über der Stirn nicht an Dichte verlor und die dunkel umschatteten Augen noch immer eine ruhelose Kraft bewahrten. Auf den Zustand der Haut hatte er keinen Einfluss: Im letzten Jahr – seit ihrem Tod allemal – war sie dünn und trocken geworden, und an der Schläfe war ein Fleck aufgetaucht, gefolgt von weiteren Sprenkeln derselben Farbe: Ihr Muster erinnerte an ein Sternbild. Er bückte sich zum Wasserhahn, nahm einen Schluck, spülte aus und spuckte ins Becken; der Abfluss verschluckte die cremige Flüssigkeit, die sich rot verfärbt hatte. Das lag am Zahnfleisch. Er spülte zwei weitere Male, griff nach einem Handtuch, öffnete das Fensterchen, das auf den Hof hinausging, und atmete die kalte Morgenluft ein.

Er durchquerte den Flur, an dem sich die Zimmer der Wohnung reihten. Das kleinste war Alessandros gewesen. Jetzt diente es als Arbeitszimmer oder als eine Art Werkstatt, in der er mit Kleber, Schere und wiederverwertbarem Krimskrams hantierte, um Gegenstände zu reparieren und Modelle zu bauen. Meine Schwester Sonia und ich hatten zwanzig Jahre lang das Zimmer gegenüber geteilt, das geräumigste. Damit wir während der Gymnasialzeit ein wenig Privatsphäre hatten, hatte mein Vater eine Gipskartonwand eingezogen, die bis auf einen kreidigen Schatten am Fußboden inzwischen wieder verschwunden war. Das Elternschlafzimmer lag auf derselben Seite des Flurs. Das Ehebett aus Bambus, in dem jeder von uns in unterschiedlicher Absicht gezeugt worden war: Grundsteinlegung, Statikprüfung, Untermauerung. Der weiß lackierte Schrank mit den schablonierten Palmwedeln verwahrte noch immer die Garderobe von beiden; ich gebe sie weg, hatte er gesagt, nächste Woche, sobald ich dazu komme. Und später: Jetzt kümmere ich mich wirklich darum.

Im Wohnzimmer standen der große Tisch, das Bücherregal, der Fernseher, die von ihr hingebungsvoll umhegten Pflanzen, die inzwischen vermickert waren; die Farne hingen gelb aus den Töpfen, und die Sansevieria litt an Bakterienbefall und hatte bläuliche Flecken bekommen. Dem Drachenbaum ging es gut. Er war ein Geschenk von Sonia und mir gewesen, ich weiß nicht mehr, ob zu Weihnachten oder zum Muttertag. An den Wänden hingen zahlreiche Fotos, hauptsächlich von Brücken, die Papa in Venezuela, Libyen, Angola oder Paraguay gebaut hatte.

Die Zimmertüren standen sperrangelweit offen. Alle. Er ertrug es nicht, sie geschlossen zu sehen. Wenn die Zimmer schon leer standen, sollten sie wenigstens atmen können.

(Ich weiß noch, wie er einmal viele Jahr später, ehe er ins Krankenhaus kam, unvermittelt im Flur herumfuhr, als wollte er ein Gespenst erwischen, und dann wie ein betretenes Kind zu Boden blickte, als er die von einem Luftzug bewegte Gardine sah.)

In der Küche schaltete er das Radio an und stellte die Nachrichten ein, dann nahm er den hölzernen Tisch, die Schöpfkellen, die Schaumlöffel, die an den Haken baumelnden Küchengeräte aus Edelstahl und Silikon und den Geschirrschrank ins Visier. Er öffnete den Kühlschrank, stützte sich mit einer Hand auf die Tür und inspizierte den Inhalt. Auf dem Fußboden standen die Tüten mit den Einkäufen vom Vortag.

Habt ihr einen Feldherrn vor Augen, der auf dem Hügel steht, ehe die Schlacht beginnt? Genau so. Fehlte nur noch das Fernrohr, und währenddessen saß ihm die Angst im Nacken, der Tochter und den zwei Enkelinnen fades oder versalzenes Essen vorzusetzen, sich bei den Mengenangaben zu vertun und ungenießbaren Brei zusammenzurühren – Greta und Rachele, die beklommen zur Mutter linsten: Nimm's ihnen nicht übel, sie haben keinen Hunger, wir haben spät gefrühstückt.

In meiner Vorstellung werden seine Gedanken erst abgelenkt, als sein Blick den hellblauen Zettel streift, der unter einem Pfirsich-Magneten am Kühlschrank hängt. Darauf hatte Sonia meine neue Handynummer notiert. »Ruf sie an«, hatte sie mit einem Ausrufezeichen darübergeschrieben.

An jenem Sonntagmorgen betrachtete Papa ihn lange, so sagte er mir.

Dann, weil ihm der Zettel dort unerträglich wurde wie grelles Licht in den Augen, nahm er ihn ab und heftete ihn an die Pinnwand in der Diele; er warf einen letzten Blick darauf, drehte sich um und kehrte in die Küche zurück.

Daran kann ich mich noch gut erinnern: Ich war zehn Jahre alt, als Papa eines Nachmittags kurz vor Weihnachten mit mir Eislaufen ging. Sonia war beim Schwimmen und Alessandro beim Fest eines Klassenkameraden. Ich sehe den Schlittschuhvermieter noch vor mir, ein Kerl mit rotem Wikingerbart und Zipfelmütze. Er gab mir ein auberginefarbenes Paar Schlittschuhe, das funkelnagelneu aussah, derweil seine, also Papas, hellblau und abgenutzt waren. Aus den Lautsprechern schallten von einem Kinderchor gesungene Weihnachtsschlager.

Ich konnte mich kaum auf den Beinen halten. Aber er war gut. Wie immer. Damals kam es mir vor, als beherrschte er alles mit fragloser Selbstverständlichkeit. Papa fasste mich an den Händen und zog mich im Rückwärtslauf über die Bahn. Ich sah ihm direkt in die Augen, und seine Augen hatten die Farbe des Waldes, genau wie meine. In meiner Erinnerung ist es, als wären wir allein und sonst niemand dort – das stimmte nicht, doch fühlte es sich so an: Als würden wir mit verschränkten Händen mitten auf einem weiten, zugefrorenen See schweigend unsere Pirouetten drehen, während ein seidiger, vanilleduftender Nebel uns umfing, sich für uns teilte und uns von der Welt trennte. Heute würde ich sagen, er trennte uns von Gehässigkeit, von grundlosem Neid. Wenn ich das Gleichgewicht verlor, hielt Papa mich fest. Wenn sich eine Schlittschuhkufe im Eis verhakte, genügte ein leichter Druck seiner Hand, um mir wieder Mut zu machen. Unter mir nahm ich Schatten wahr. Riesenhafte Schatten. Mir war, als glitten Walfische unter der durchscheinenden, mit Raureif bedeckten Oberfläche dahin. All das gleich hinter dem Turiner Messegelände, nur einen Steinwurf vom Straßenverkehr und den Billiglutscher-Buden entfernt.

Das konnte er, mein Vater.

Es begann zu schneien. Wir waren im Freien. Am liebsten wäre ich nie mehr fortgegangen. Am liebsten wäre ich für immer dortgeblieben, um mit ihm übers Eis zu schlingern; wenn ich hingefallen wäre, hätte er den blauen Fleck geküsst, und der Schmerz wäre wie durch Zauberhand verflogen. Da waren nur ich, er und die Walfische und hörten *Last Christmas* von Wham. Gesungen von einem kleinen Mädchen, das, da war ich mir sicher, die gleiche Zahnspange trug wie ich.

Mein Vater hatte den Samstag damit zugebracht, das Essen zu planen und sich Sonias, Gretas und Racheles Lieblingsgerichte ins Gedächtnis zu rufen. Um den Schwiegersohn hatte er sich keine Gedanken gemacht: Der liebte Arneis, und davon lagen stets ein paar Flaschen kalt.

Für Sonia wollte er gefüllte Zwiebeln, Seirass-Pudding und Tagliatelle mit Borretsch machen. Für die Enkelinnen Hühnchen in Aspik und Knoblauchbrot. Abschließend Zuppa inglese und Baci di Dama zum Kaffee. Traditionelle Gerichte. Gerichte unserer Tradition. Gerichte, um die sich in unserer Familie mit der Zeit Anekdoten und Erinnerungen gesammelt hatten, und er wusste, es wäre Betrug gewesen, sie im Restaurant zu holen, ein unverzeihlicher Verrat – von den gekauften Baci di Dama abgesehen. Als er beschlossen hatte, Sonias Familie einzuladen, wusste er, dass er sich zum ersten Mal in seinem Leben an den Herd würde stellen müssen. Und er wusste auch, dass er um Mamas rotes Rezeptbuch nicht herumkäme, dieses überdimensionierte Moleskine, das schon vor Alessandros Geburt Teil unseres Lebens gewesen war und uns, als wir klein waren, sogar in die Ferien begleitet hatte.

Obwohl er es nie aufgeschlagen hatte – in den letzten acht Monaten hatte er keine Gäste gehabt und dank

Fertigsoßen, gegrilltem Hähnchenschnitzel und Tomatensalat überlebt –, war kein Tag vergangen, an dem Papa es nicht mit dem Finger gestreift hatte, durchzuckt von einem Gefühl, als bisse ein Maulwurf ihm in die Zehen. Als er es am Vortag zur Hand genommen hatte und ihm beim Blättern nach den fraglichen Rezepten die Handschrift meiner Mutter ins Auge gesprungen war – dieses schnörkelige s, eine Geziertheit, die gar nicht zu ihrer schnellen, pragmatischen Art passte, und das t mit dem überlangen Querstrich –, war ihm die Luft weggeblieben. Mit der Sorgsamkeit eines Blinden hatte er die Seiten gestreichelt, um die Druckspuren des Stiftes zu fühlen, und seine Augen hatten sich mit Tränen gefüllt.

Mit diesem Gedanken riss er, wo er schon einmal da war, das Zwiebelnetz auf. Er schaute durchs Fenster und sah den klaren Himmel mit jeder Sekunde heller werden. Er schüttelte seine Benommenheit ab und fing an, alle nötigen Zutaten auf den Tisch zu stellen. Im Radio berichtete eine rauchige Stimme von einer Kollektivausstellung im Palazzo delle Esposizioni in Rom: »Einundzwanzig ausgewählte Künstler, zehn Designer, siebzig Werke unterschiedlicher Materialen, ausgenommen Plastik, das in der Vergangenheit zwar Gegenstand künstlerischer Auseinandersetzung gewesen ist, wegen seiner umweltschädlichen Eigenschaften heute jedoch kritisch gesehen wird …« Er hatte gerade das Fleisch für die Zwiebelfüllung aus dem Kühlschrank geholt, als es an der Tür klingelte. »Ciao!«, krächzte eine heisere Stimme, die auf dem Treppenabsatz widerhallte, und dann noch fünf oder sechs Mal in derselben Tonlage, ehe er überhaupt den Gedanken fassen konnte zu öffnen.

Vierzig Jahre lang war Papa durch die Welt gereist, um Brücken und Überführungen zu bauen. Seine Familie stammte aus Como. In Mailand hatte er seinen Abschluss in Ingenieurwesen gemacht. Durch einen Freund der Familie war er von einer seinerzeit namhaften Firma angestellt worden, die einen guten Draht in die Politik hatte und in rund fünfzehn Ländern tätig war: Dämme, Wasserkraftanlagen, Bahnlinien. Und Brücken – *Brücken, Brücken, Brücken*, die er mehr als alles andere liebte und denen er sich verschrieben hatte. Er hatte rasch Karriere gemacht und dies weniger mit Verwunderung, denn als Folgerichtigkeit zur Kenntnis genommen: Er wusste, dass er gut war, und fand es selbstverständlich, dass die Welt seinem Können Rechnung trug.

Wenn er nicht auf Reisen war, erzählte er uns von seiner Arbeit, von den Orten, an denen er gewesen war, den Menschen, die er getroffen hatte, dem Leben auf dem Bau – einem *Teil* des Lebens auf dem Bau – und den Widrigkeiten, die er in spannende Abenteuer verwandelte – damals, als das Gewitter gekommen war, oder nein, wartet, ein Orkan, und damals, als die Heuschrecken eingefallen waren, eingefallen, ich schwör's euch, wie eine biblische Plage. Er erzählte uns von den für ihn legendären Zeiten, in denen man zum Brückenbau ganze Flüsse umleitete und das Flussbett trockenlegte, um die Lehrgerüste zu bauen, auf denen die Quader bis zur endgültigen Schließung der Brückenbögen auflagen. Irgendwann während seiner mit Fachbegriffen und technischen Details gespickten Erzählungen gab es einen Moment – den gab es immer –, in dem er plötzlich verstummte und mit hin und her, her und hin haschenden Augen unseren Blick suchte, weil er annahm, wir hätten unterwegs den Faden verloren. Er wartete auf eine Frage. Fragen waren für ihn ein Zeichen von Klugheit, und wir spielten mit: Wir fragten ihn, was Lehrgerüste und Quader seien, ließen uns die Aufgaben der Gewerke erklären und entlockten ihm die kuriosesten Details. Währenddessen aß Mama weiter, räumte ab, brachte den Nachtisch und lächelte vielsagend, als säße sie in einem Theaterstück, das sie schon kannte, und wartete auf den nächsten Gag. Papa malte mit den Fingern in die Luft, ihr müsst euch das so vorstellen, die Lehrgerüste sind Hilfskonstruktionen, die das gemauerte Bauwerk bis zur Fertigstellung tragen, und die Quader sind die Steinblöcke zum Bau der Bögen, und diese Quader können je nach Verwendung unterschiedlich geformt sein, und wenn sie anständig gemacht sind, dann halten sie auch ohne Mörtel, und, und, und.

Er erzählte, wie Brücken sich in Monolithen verwandeln konnten, war das Lehrgerüst erst einmal fort, und sich wie von Wind und Eis geformt in die Landschaften einfügten. Wenn Alessandro – er war es meistens – seine Erbsen und Karotten mit der Gabel traktierte und dagegenhielt, Brücken könnten auch einstürzen, Naturkatastrophen wie Erdbeben oder Überschwemmungen könnten sie einfach wegfegen, wedelte Papa mit den Händen und antwortete, sicher, genauso wie Klippen einstürzten und Berge verflachten. Menschliche Nachlässigkeit, Oberflächlichkeit und Unfähigkeit zählten für meinen Vater nicht. Er zog sie nicht in Betracht. Nicht, wenn es um Brücken ging. Er und Mama hatten sich während einer Silvesterparty bei gemeinsamen Freunden kennengelernt. Sie war achtundzwanzig, er zwei Jahre jünger. Am Dreikönigswochenende war er ihr nach Nizza nachgereist, wo sie mit ihrer Familie Verwandte besuchte. Als sie ihn während eines Spazierganges mit den Eltern und zwei Tanten an der Promenade des Anglais aus dem Auto steigen sah, hatte sie ihm die kalte Schulter gezeigt und auf sein plötzliches Auftauchen reichlich verärgert reagiert – und überhaupt, wie hießen Sie noch gleich? –, doch nach ihrer Rückkehr hatte sie sich von den Freunden, bei denen sie sich begegnet waren, seine Nummer geben lassen und ihn angerufen. Zwei Jahre später hatten sie geheiratet. Da Mamas Familie in Turin lebte und er häufig fort und mitunter sehr weit weg war und diese

Dienstreisen Wochen oder Monate dauern konnten – als ich in der Zehnten war, blieb er von Ende August bis kurz vor Weihnachten ununterbrochen in Venezuela –, beschlossen sie, in die Nähe der Großeltern zu ziehen, und kauften mit Unterstützung beider Familien die Wohnung am Lungo Po Antonelli.
Sonia kam sofort. Dann ich. Alessandro vier Jahre nach mir.
Damals arbeitete Mama in einem Notariat. Als Sonia geboren wurde, beantragte sie Teilzeit. Als ich kam, gab sie die Stelle auf. Papa verdiente sehr anständig, sie musste nicht arbeiten, konnte zu Hause bleiben, Mutter sein und auf seine Rückkehr warten. War es ihr schwergefallen, ihre Karriere aufzugeben? Hatte sie sich herabgesetzt und zu kurz gekommen gefühlt? Ich weiß nur, dass Mama den Dingen nicht nachweinte und sich nur selten umentschied. Wäre ich damals so weit gewesen wie heute, hätte ich sie danach gefragt, ich hätte gründlich nachgehakt; jedenfalls war es bestimmt nicht einfach, sie hätte alles erreichen können, einfach *alles*, sie war eine brillante, fröhliche Frau mit beißendem Humor, den sie an der kurzen Leine hielt, um ihr Gegenüber nicht dumm dastehen zu lassen, doch bei passender Gelegenheit machte sie davon Gebrauch, wie um zu sagen: Komm mir bloß nicht so, Schätzchen!
Sie hatte ihren Abschluss in Jura gemacht. Sie liebte das gesetzliche Räderwerk, das das gemeinschaftliche

Miteinander am Laufen hält, das empfindliche Zusammenspiel aus Rechten und Pflichten, zu dem sie uns beharrlich erzog. Fast die gesamte Schulzeit hindurch ist sie bei jedem von uns einmal Elternvertreterin gewesen. Im September half sie uns, die Schulbücher in Folie einzuschlagen, damit sie nicht zerfledderten, und bat uns, nur mit Bleistift hineinzuschreiben und anzustreichen, damit man sie im nächsten Jahr noch verkaufen konnte. Wenn ich an die Selbstverständlichkeit denke, mit der sie den Haushalt führte, und dann an die Unbedarftheit, die ich dabei an den Tag lege …

Sie hörte gern Radio, wenn sie in der Wohnung zugange war, stellte gern Gegenstände um, damit sie besser miteinander harmonierten, und hatte eine Schwäche für Origamis, die sie aus jedem rechteckigen Papier faltete, das sie in die Finger bekam, selbst aus Kassenbons; sie hatte einen Kurs bei einer Japanerin gemacht, die mit einem Professor an der Technischen Hochschule verheiratet war und auf der anderen Flussseite wohnte. Mama freute sich, wenn wir Freunde zum Spielen oder Lernen einluden, und waren sie gegen sechs Uhr noch immer da, versäumte sie es nie, sie zum Abendessen einzuladen.

Nur einmal habe ich sie in Panik erlebt. Es war an einem Aprilnachmittag. Ich war neun Jahre alt. Alessandro fünf. Wir waren auf dem Spielplatz, und während sie mit einer anderen Mutter plauderte, hatte Ale ein

Klettergerüst erklommen, das Gleichgewicht verloren und war auf das Pflaster gestürzt. Damals gab es noch keine Fallschutzbeläge wie heute. Als Mama ihn unter den Achseln packte und hochzog, war das Gesicht meines Bruders ein roher Klumpen aus Blut und Splitt; sein Kinn unterhalb der Lippe war aufgeplatzt wie ein zweiter Mund, aus dem die noch im Zahnfleisch versteckten zweiten Zähne hervorschimmerten. Wir waren nicht weit vom Gradenigo-Krankenhaus. Das Logischste wäre gewesen, mit Vollgas in die Notaufnahme zu fahren. Doch stattdessen beschloss sie aus unerfindlichen Gründen, Alessandro und mich ins Auto zu bugsieren und uns, weil Papa nicht da war und sie so heftig zitterte, dass sie kaum sprechen konnte, zu den Großeltern nach Borgo Vittoria zu bringen. Als mein Opa Ale in diesem Zustand sah, war er außer sich. Er fragte meine Mutter, was zum Teufel sie bei ihnen zu suchen hätte – glaubte sie etwa, es wäre mit einem Pflaster getan? Ohne ein weiteres Wort ließ er mich bei Oma, setzte Ale und Mama in seinen Renault und raste ins Krankenhaus.

Ich weiß noch, wie sie sich irgendwann Jahre später – ich muss siebzehn oder achtzehn gewesen sein – beim mittäglichen Abwasch plötzlich mit der schaumbedeckten Hand gegen die Stirn schlug, ein, zwei, drei Mal, und kopfschüttelnd »So blöd so blöd so blöd« in sich hineinmurmelte. Ich ging zu ihr und fragte, was los sei. Sie sah mich mit tränenfeuchten Augen an, eine Schaumflocke im Haar, sie sah mich an und sagte: »Ich bin so blöd gewesen …« Sie war fassungslos. »Wie konnte ich nur …« Ich sagte, ich wisse nicht, was sie meine. »Alessandro … als er von dem Klettergerüst gefallen ist. Wieso habe ich ihn nicht sofort ins Krankenhaus gebracht?« Ich musste lächeln. Ich sagte: »He, was hast du denn? Das ist Jahre her. Mal überlegen, wie lang ist das her? Neun Jahre vielleicht. Oder zehn.« Ich sah, wie sich ihre Brust unter der Bluse hob. Sie war völlig außer sich vor Reue. »Wie konnte ich nur? Ich war so blöd«, wiederholte sie. »So blöd …«

Andrea sagte »Ciao!«, als er die Schritte hinter der Tür hörte, dann noch einmal, als sich der Schlüssel im Schloss drehte, und noch einmal, als die Tür sich öffnete. Er war der Sohn der Nachbarin. Er sah einem nie in die Augen. Er war sechzehn Jahre alt, benahm sich aber wie fünf. Das Haar wuchs ihm über Ohren und Augen. An diesem Tag trug er einen roten Adidas-Trainingsanzug, Jacke plus Hose – er liebte Adidas-Trainingsanzüge.

»Andrea …«

»Er nimmt die Leute hoch.«

»Was?«

»Er nimmt die Leute hoch.«

Papa kniff die Augen zusammen und presste die Fingerspitzen auf die Lider. »Andrea, weißt du, wie viel Uhr es ist? Um diese Zeit kannst du nicht einfach irgendwo klingeln. Es ist …« Er schaute auf die Uhr. »Es ist noch nicht einmal acht, Herrgott noch mal. Es ist Sonntag. Wo ist deine Mutter?«

»Schläft. Sie schläft.«

»Tja, wenn das so ist, solltest du zu Hause sein und lesen oder sonst was. In deinem Zimmer.«

»Ja, aber warte … er nimmt die Leute hoch.« Er prustete los, als hätte er etwas Urkomisches gesagt.

»Wer?«

»Das musst du sagen.«
»Wer nimmt die Leute hoch? Hat jemand dich auf den Arm genommen?«
Andrea lachte noch lauter, mit einem schnarrenden Sauggeräusch, schlug sich wild auf die Schenkel und machte eine seltsame Handbewegung, als wollte er sich eine Fliege von der Nase wischen.
»Nein. Du hast's nicht kapiert. Du hast's nicht kapiert. Du musst raten.«
»Entschuldige, Andrea, ich habe jetzt wirklich keine Zeit, ich …« Mit dem Daumen deutete er vage hinter sich. »Ich habe zu tun. Tut mir leid.«
»Nein nein nein. Los. Rate. Rate.«
»Was soll ich erraten? Wer hat dich hochgenommen?«
»Keiner hat mich hochgenommen.«
»Du hast recht, Andrea, ich kapier's nicht …«
»Er nimmt die Leute hoch. Ist doch ganz leicht!«
»Ist das ein Spiel? Spielst du?«
Andrea rieb sich den Bauch wie ein Kleinkind, dem etwas schmeckt, dann huschte ein neuer Gedanke über sein Gesicht. »Wo warst du die ganze Zeit?«
»Ich?«
»Wo?«
»Ich war nirgendwo, Andrea. Weißt du doch. Ich gehe nirgendwo mehr hin.«
»Ich habe eine Eidechse gesehen.«
Papa runzelte die Stirn und sagte nichts.
»Hast du sie auch gesehen?«

»Ja.«
»Wo?«
»Manchmal sehe ich welche am Fluss.«
»Meine saß auf dem Bürgersteig vor dem Supermarkt.«
»Nein«, sagte mein Vater, »die habe ich nicht gesehen.«
»Du musst gucken, wo du hintrittst. Reiß dich mal zusammen!«
»Andrea … willst du eine Rumpraline? Ich glaube, ich habe noch welche da.«
Andrea schlug die Hände vors Gesicht und linste durch die Finger auf den Treppenabsatz, als wollte er sichergehen, dass niemand kommt: Zwei aufgeregte Augen blitzten zwischen Zeige- und Mittelfinger hervor, und hinter den Handflächen war ein unterdrücktes Glucksen zu hören.
»Willst du eine?«
Andrea nickte ungestüm, ohne die Hände vom Gesicht zu nehmen.
»Warte hier.«
Aus der Küche drang die Stimme eines Journalisten, der eine Europaabgeordnete zur Reform der Dublin-Verordnung interviewte – »das ist nicht der Punkt, vielmehr gibt es noch immer Widerstand gegen den Verteilungsschlüssel, vor allem von Ländern der Visegrád-Staaten wie Polen, der Tschechischen Republik oder der Slowakei«. Mein Vater kehrte mit einer

unverpackten Praline zurück, wie es sie früher in Konfektschachteln gab, keine Ahnung, ob es die heute noch gibt, ich habe seit Ewigkeiten keine mehr gesehen – »Großbritannien hat sich noch nicht geäußert, die anderen Staaten der Union zeigten sich verhandlungsbereit; und ja, Griechenland, Malta und Zypern waren ebenso wie wir schon immer der Meinung, dass ein Verteilungsschlüssel unabdingbar ist«. Andrea hopste auf der Stelle, als müsste er dringend aufs Klo.

»Hier. Es war noch eine da.«

»Mit Rum?«

»Mit Rum.«

Andrea schnappte danach, schob sie sich mit der flachen Hand in den Mund und leckte die winzige Spur Schokolade von seiner Handfläche, und die Unbekümmertheit dieser Geste, die auf alle Regeln pfiff, verschaffte meinem Vater eine flüchtige Erleichterung, als würde man an einem Wintertag heimkommen und die kalten Hände unters warme Wasser halten, doch als er Andrea endlich überredet hatte, zu seiner Mutter zurückzukehren, und die Tür hinter sich zuschob, blieb er mit einer Wehmut zurück, die er vergeblich abzuschütteln versuchte. Der Anblick des aufgeschlagenen roten Rezeptbuches auf dem Tisch und Mamas Handschrift machten es nicht besser. »... es brauche Entschlossenheit, man könne nicht weiter um den heißen Brei reden, sagte der Sprecher der Progressiven Allianz im Europäischen Parlament.«

Dass ich mich ins Theater verliebt habe, ist eindeutig meiner Mutter zu verdanken.

Er hat mich nie bestärkt.

Sie war es, die mit mir zu Kinderaufführungen ging, sie hat mich bei meinem ersten Schauspielkurs eingeschrieben und mich ermutigt, dieser unbeholfenen Leidenschaft nachzugehen, die sich mit den Jahren mühselig in einen Beruf verwandelt hat. Er hielt das – natürlich – für Zeitverschwendung. Mein Bruder studierte Chemie. Ah! Die Chemie! Ich weiß noch, wie ihm dieses Wort wie ein Bissen Strudel auf der Zunge zerging. Meine Schwester Erziehungswissenschaften, ein für unseren Vater zwar hochgradig schwammiges Fach – keine Lehrgerüste, um die wandelbare Jugend zu stützen, keine Quader, die ewig bleiben würden –, dessen Nutzen ihm jedoch offenbar irgendwie einleuchtete, und sei er nur wirtschaftlich: weniger Kriminalität, weniger Schulverweigerer, weniger Sozialausgaben. Aber Theater? Theater war schön und gut, solange man es den anderen überließ. Man besuchte es. Man machte es nicht selbst. Davon leben, davon leben zu *wollen*, sicher nicht. Zwar hat er mir das nie gesagt, aber immer gedacht, das weiß ich.

Nur zweimal ist es vorgekommen, dass Papa während meiner Aufführungen nicht auf Reisen war. Ich kann mich an beide Male genau erinnern. Selbst jetzt, Jahre später, fühle ich die verstörte Beklommenheit. Das erste Mal war ich sechzehn, und wir brachten *Die Mausefalle* auf die Bühne, das zweite Mal, mit einundzwanzig, war ich die Petra Stockmann in Ibsens *Ein Volksfeind.* Seine Anwesenheit versetzte mich in Panik – in nackte Panik. Das Parkett war radioaktiv. Es sandte Strahlung aus, die ich mit dem Geigerzähler registrierte, den mir irgendjemand heimlich anstelle meiner Lungen eingesetzt haben musste. Ich wusste nicht, wo er saß, doch ich konnte seine Gegenwart spüren. Ich sah ihn nicht, aber ich ahnte, wie er auf seine Uhr blickte, die Nacken der vor ihm Sitzenden musterte, einen abstoßenden Leberfleck entdeckte und seufzend nach der Hand meiner Mutter griff, um etwas Warmes zu haben, mit dem er sich ablenken konnte, wie er mit ihren Ringen spielte, sie womöglich gern geküsst hätte und sich vorstellte, mit ihr zu schlafen, sobald sie wieder zu Hause wären. Ich weiß, dass er sie häufig begehrte – ich konnte sie hören. Als das Licht wieder anging und das ganze Theater aufgestanden war, um zu applaudieren, hatte ich Mama in der sechsten Reihe entdeckt, dank der Lücke, die neben ihr gähnte.

Der Sonntag nahm Konturen an. Der Tag sammelte sich um die Straßenmöbel, Bäume, Laternen und geparkten Kleintransporter, strich leise klirrend an den Fensterscheiben entlang und zupfte mit langen Fingern an den Balkongittern. Wo noch Kinder wohnten, drehten sie sich in ihren Betten um, die Katzen reckten sich gähnend, und Papa stellte eine zweite Espressokanne auf den Herd und machte sich ans Kochen.

Für die gefüllten Zwiebeln hatte er sich von der Marktfrau beraten lassen und zehn mittelgroße Runde gekauft. In dem Heft, das in Mamas Handschrift sprach, stand, man solle sie zwanzig Minuten in Salzwasser garen, abgießen und die einzelnen Schichten behutsam voneinander lösen, um gleich mehrere befüllen zu können. Während sie kochten, kümmerte er sich um das Hackfleisch. Er briet es an – er hatte noch nie im Leben etwas angebraten –, streute den Reis hinein und goss zwei Gläser Milch dazu. Dann stand er da und rührte. Wenn der Reis zu trocken wurde, füllte er Brühe nach. Der Fleischgeruch machte ihn hungrig. Er riss eine Tüte Grissini auf, zog einen heraus, aß die Hälfte in einem Bissen und knabberte den Rest wie ein Eichhörnchen langsam in sich hinein. Er hörte die Nachrichten, ohne sie mitzubekommen. Er dachte an nichts

Besonderes. War einfach da. Eingehüllt in den Essensduft. Wie Proust es anhand buttrigen Sandgebäcks minutiös geschildert hat, lang ehe die Neurowissenschaft die direkte Verbindung zwischen Geschmackssinn und Hippocampus, der Schaltstelle des Langzeitgedächtnisses, nachweisen konnte, ließ er vor seinem inneren Auge Bilder aufsteigen und sich von ihnen in die Vergangenheit zurückreißen. Nicht zu einem präzisen Moment eines bestimmten Tages, in dem sich irgendetwas zugetragen hatte – nein, eher in eine Stimmung: jene Male, wenn er von einer Reise zurückgekommen und tags darauf spät erwacht war, die Beine vom Jetlag schwer, und noch ehe er sich recht aus dem Bett geschält hatte, hatte er eine Pfanne brutzeln hören und sich in die Küche geschlichen, und dort, wo er jetzt stand, stand sie, meine Mutter, und er hatte sie an sich gezogen, ihr die Hand auf den Bauch gedrückt, die Nase in ihrem Haar vergraben und ihren Hals geküsst, und sie hatte, ohne das Rühren oder was sie sonst gerade tat, zu unterbrechen, mit einem Arm hinter sich gegriffen, den Rücken gereckt, die Augen geschlossen und mit leise flatterndem Atem seine Ohren gestreichelt.

(Nein, ich kann nicht sagen, dass er sie nicht liebte. Das ist nicht der Punkt.)

Er nahm ein Ei, um das Fleisch und den Reis zu binden. Ob er es verschlagen musste, stand nicht dort, doch es erschien ihm naheliegend. Er fügte Pfeffer und den geriebenen Parmesan hinzu, von dem etwas danebenfiel und auf das Kochfeld rieselte; als er ihn zusammenklauben wollte, kam er mit dem Finger an die glühend heiße Pfanne, riss ihn reflexartig zurück und steckte ihn fluchend in den Mund.

Ein paar Stunden machte er so weiter, studierte Mamas Rezepte, recherchierte im Netz, um herauszufinden, was sie mit »die zu Schnee geschlagenen Eiweiß unter den Seirass heben« oder »zum besseren Durchgaren schräg einschneiden« meinte, kleckerte und räumte wieder auf. Er fühlte sich unbeholfen und unfähig und war zugleich aufgeregt. Er fürchtete, sich die ganze Mühe umsonst zu machen und am Ende vor ungenießbarem Fraß zu sitzen, und bekam doch Herzklopfen, als er von der Zwiebelfüllung kostete und feststellte, dass sie gar nicht schlecht schmeckte, im Gegenteil.

Natürlich schalt er sich mehr als einmal, wie er auf die Schnapsidee hatte kommen können, Sonia, Marco und die Mädchen zu sich zum Mittagessen einzuladen. Wenn sie nach Turin kamen, gingen sie normalerweise in einen Boccia-Klub an der Dora, wo die Erwachsenen plaudern und die Mädchen nach Herzenslust herumrennen und den Katzen und Enten nachjagen konnten. Doch dann, gegen vier Uhr – so war es jedes

Mal –, wenn er vorschlug, noch auf einen Sprung zu ihm raufzukommen, um einen zweiten Kaffee zu trinken oder das Klo zu benutzen, kamen sie doch niemals mit, setzten ihn nur vor der Haustür ab und tschüss, sie hätten noch eine Stunde Autofahrt vor sich, es gebe noch etwas im Garten zu tun oder Mails zu verschicken, die Mädchen seien müde, morgen sei Schule, sie hätten noch Hausaufgaben. Aber ihm lag viel daran, dass sich die Wände der Wohnung am Lungo Po Antonelli von Zeit zu Zeit mit Stimmen vollsogen: Ihr Nachklang würde sacht daraus hervorsickern und ihn ein paar Tage lang wie ein Grundrauschen begleiten.

Als er die Creme für die Zuppa inglese zubereitet hatte – »nach einer Weile beginnt sie einzudicken«, hatte meine Mutter geschrieben, »sie ist fertig, wenn sie den Löffel überzieht und der Schaum an der Oberfläche ganz verschwunden ist« –, zog er sie vom Feuer und stellte sie beiseite. Es war halb zwölf geworden. Er deckte den Tisch im Esszimmer und trug die ersten Sachen hinüber, doch wie er Sonia kannte, würden sie nicht vor eins eintreffen, und da es nichts weiter zu tun gab, zog er sich an und verließ das Haus, um die Zeitung zu kaufen.

Es herrschte ein seltsam pudriges Licht. Wegen des heftigen Windes hielt er sich dicht an den Häuserwänden. Am Zeitungskiosk traf er einen Bekannten. Es war kein richtiger Freund, er hatte in Turin nie enge Freundschaften geschlossen, sondern jemand, mit dem er vor Jahren über Mama und die gemeinsamen Abendessen mit den Eltern unserer Klassenkameraden zu tun gehabt hatte. Er war klein und trug eine dieser mit Taschen bedeckten Anglerwesten, ein Kleidungsstück, das Papa schon immer ausgesprochen lächerlich gefunden hatte. Der Mann begrüßte ihn und verkündete ihm mit der Begeisterung eines Menschen, der auf seinem Dachboden einen van Gogh gefunden hat, dass er aufs Land ziehen würde.

Mein Vater machte nur große Augen, wie um zu sagen *Menschenskinder!*, in der Hoffnung, das würde genügen. Er überlegte, ob er eine Bemerkung zu der Weste machen sollte, verkniff es sich aber. Er hatte nicht Mamas Sarkasmus, seine Art, die Dinge zu sagen, konnte mitunter verletzend sein. Doch offenbar war ihm dennoch etwas anzumerken, denn der Mann fragte: »Findest du das eine blöde Idee?«

»Wie bitte?«

»Manche finden das schon.«

»Was?«

»Dass das eine blöde Idee ist.«

»Ich weiß nicht …«

»Sei ehrlich.«

»Bei uns herrscht Demokratie. Was unter anderem den Vorteil hat, dass wir leben können, wo es uns passt.«

»Aber?«

»…«

»Ich seh's dir an, es gibt ein Aber.«

Er hatte recht: Das gab es. »Nein«, sagte er. »Es gibt kein Aber.«

»Ich erzähle dir mal was«, sagte der Mann. »Hör zu. Der Sohn eines Freundes lebte in Rom, wo er als Bekleidungsvertreter gearbeitet hat, und als die Krise zuschlug, hat er einen Traum aus der Schublade gezogen: eine Eisdiele. Und weißt du, was er gemacht hat?«

»Er hat eine Eisdiele aufgemacht?«

»Ganz genau. Und er ist auf die Balearen gezogen. Mein Freund meint, er sei schlank wie noch nie und habe ein Grinsen im Gesicht, wie er es bei ihm gar nicht kennt.«

»Aber das hat was mit dem Job zu tun.«

»Nicht nur, sondern auch mit der Lust, etwas Neues zu wagen …«

»Schon, aber ich meine … das Beispiel, das du gebracht hast. Wenn es um die Arbeit geht, ist es was anderes.«

»Siehst du, es gibt doch ein Aber. Ich wusste es.«

»Ich versuche nur, dem logischen Faden zu folgen.«

»Und wohin bringt dich der logische Faden?«

»Na ja, du beispielsweise ziehst nicht um, weil du *musst.*«

»Und das ist nicht in Ordnung?«

»Das habe ich nicht gesagt.«

»Aber es klingt so.«

»Hör mal, lassen wir das doch …«
»Nein, jetzt will ich's wissen.«
»Ich meine nur, dass die Leute offenbar verlernt haben, dort zu leben, wo sie zu Hause sind.«
Der Mann runzelte die Stirn. »Und ist das ein Problem?«
Papa antwortete nicht sofort. Er überlegte kurz. »Möglicherweise für den, der zurückbleibt«, sagte er dann.
Der Mann nickte, aber es war offensichtlich, dass er ihm nicht folgen konnte. »Weißt du, was ich glaube? Du könntest auch ein bisschen Luftveränderung gebrauchen.«
Papa fragte sich, ob der Satz auf Mamas Tod anspielte. Stumm und ausdruckslos musterte er den Mann. Er versuchte sich zu erinnern, ob er ihn bei der Beerdigung gesehen hatte. Schon möglich, doch waren ihm von diesem Tag nur alberne Nichtigkeiten im Kopf geblieben, wie das kleine Mädchen, das seinen Kaugummi unter die Kirchenbank geklebt hatte, um den Mund fürs Abendmahl freizuhaben. Er zog eine Zeitung vom Stapel, bezahlte und wandte sich ohne ein weiteres Wort zum Gehen. Der Mann folgte ihm nach draußen. Freundlich interessiert erkundigte er sich nach uns Kindern, als sei es ihm unangenehm, ihm vorhin auf den Schlips getreten zu sein, und als wollte er es wiedergutmachen. Also erzählte Papa ihm schmallippig von Alessandro in Helsinki und von Sonia in Biella. Dann fragte der Mann nach mir. Er erinner-

te sich nicht mehr an meinen Namen, wusste jedoch, dass es eine weitere Tochter gab, die Mittlere. Papa wich der Frage aus und sagte, jeder gehe seinen eigenen Weg, Hauptsache, wir seien glücklich, und ähnliche Plattitüden.

Ein paar Blocks gingen sie schweigend nebeneinander her, sie mussten in dieselbe Richtung. Dann erblickte der Mann einen Blumenladen und erwähnte eine Pflanze, die bei ihm und seiner Frau auf dem Balkon stehe und die etwas mit meiner Mutter zu tun habe, weil sie sie einmal gerettet hätte, als die Pflanze schon fast eingegangen war. Daraufhin fand er den Mut, das Thema direkt anzusprechen, und erkundigte sich, wie die Dinge so liefen; es sei bestimmt nicht einfach. Papa brummte irgendetwas, sprach von Hochs und Tiefs, sagte, es sei acht Monate her, ganze acht bereits, und die Zeit sei ein recht gutes Heilmittel. Der Mann nickte und setzte eine verständnisvolle Miene auf, als wüsste er, worum es ging, obwohl er schon wieder keine Ahnung und Derartiges noch nie durchgemacht hatte.

Ich sehe meinen Vater vor mir, wie er nach einem knappen Gruß die Straße überquert, die helle Sonne im Gesicht, die ihn blinzeln lässt, und bei sich denkt, was für ein Schwachsinn das Letztgesagte war. Von wegen Heilmittel, knurrte er in sich hinein.

Er kehrte nach Hause zurück. Er beschloss, den Rat des Arztes zu befolgen und statt des Aufzugs die Treppe zu nehmen. Als er sich die Füße auf dem Türvorleger abstreifte, hörte er in der Wohnung sein Telefon klingeln. Er hatte es auf der Konsole im Eingang liegen lassen.

Aus irgendeinem Grund ließ ihn das Klingeln erahnen, dass es keine guten Neuigkeiten waren.

Tja, und jetzt sind wir auf dem Weg in die Notaufnahme.«

Sonias Stimme war wie immer gefasst, das hatte ihr Beruf sie gelehrt, doch der Schreck, der hinter den Worten kauerte, war dennoch spürbar: Man hörte ihn hecheln wie einen verletzten Fuchs.

Rachele, die kleinere der beiden Mädchen, die im September sieben Jahre alt geworden war, war von einem Kakibaum gefallen, als sie versucht hatte, reife Früchte zu pflücken, um sie dem Opa mitzubringen. Dieser Kakibaum war der Lieblingsbaum der Familie. Er hatte schon dort gestanden, als sie sich für das Haus entschieden hatten. Ihren Freunden pflegten sie zu erzählen, sie hätten sich vor allem seinetwegen in diesen Ort verliebt, und das war weniger scherzhaft gemeint, als man denken mochte.

Es war Januar gewesen, zwischen Neujahr und Epiphanias, als sie alle zusammen zur Hausbesichtigung gefahren waren, Sonia, Marco, Greta und Rachele. Kurz zuvor hatte es geschneit, alles war leicht überzuckert. Die schwarze, feuchte Erde drückte durch das Moos, Dunst verschleierte den Himmel: Der Baum trat daraus hervor wie das Adergeflecht auf dem Hals eines Kindes. Das zweistöckige Haus war gesichtslos, Backstein und brünierte Metallrahmen; es stand seit geraumer Zeit leer und musste saniert werden. Doch in Richtung Wald und Bach wuchs dieser riesige, unbelaubte Kakibaum voller orangefarbener Früchte; es waren solche Unmengen, dass man sich fragte, wie die dürren Zweige sie tragen konnten. Greta und Rachele waren hingerannt und um ihn herumgetanzt, tollpatschig und übermütig wie in einem Miyazaki-Zeichentrickfilm hopsten sie hin und her, um nicht auf die herabgefallenen Früchte zu treten. Marco hatte erzählt, der Kaki gelte als Glücksbaum, weil einige davon den Atombombenabwurf auf Nagasaki überlebt hatten, und zwei Menschen wie Marco und Sonia war so etwas mehr wert als eine funktionierende Heizung oder ein Abwasseranschluss.

Papa hatte sich an den Küchentisch gesetzt. »Und wie geht es ihr?«

»Der Arm ist gebrochen«, antwortete Sonia. »So viel steht fest. Aber zum Glück ist es kein offener Bruch.« Dann: »O Gott, Papa, weißt du noch, dieser Typ, der sich beim Skilaufen das Bein gebrochen hat, direkt vor uns … Wo war das noch?«

Er nahm das Telefon vom Ohr, als wollte er den Bildern ausweichen, die diese Worte wachrufen würden. Der Vorfall lag eine Ewigkeit zurück. Sonia war ein Teenager gewesen. Sie waren in Bardonecchia. Es war direkt vor ihrer Nase passiert, deshalb waren sie als erste zur Stelle gewesen, als der Mann gegen den Mast geknallt war, und hatten die schauderhafte Ausbeulung unter dem Stoff der Gore-Tex-Hose gesehen, auf der Höhe des Schienbeins.

Er massierte sich die Stirn. »Ich weiß nicht, wie ich zu euch kommen soll.«

»Zu uns kommen?«

»Ich habe den Wagen zum Elektriker gebracht. Ich kriege ihn erst am Dienstag zurück.«

»Du musst nicht kommen. Was könntest du schon tun?«

»Ich weiß nicht … Ihr hättet sie nicht auf den Baum klettern lassen sollen.« In seiner Stimme war ein Bruch, der ihm nicht entging und für den er sich ein wenig schämte.

»Papa, wir leben auf dem Land. Das wäre so, als würdest du einem Stadtkind verbieten, die Straße zu überqueren.« Im Hintergrund war das leise Jammern von Rachele zu hören und dazu Marcos Stimme, der sagte, jedenfalls hätte sie *nicht so hoch* klettern sollen. Sonia sagte, so etwas passiere nun einmal. »Kein Spaß ohne Risiko. Willst du mit ihr sprechen?«

»…«

»Papa.«

»Redest du mit mir?«

»Ja.«

»Willst du denn, dass ich mit ihr spreche?«

»Warte. Sag ihr was Nettes.«

Sonia erklärte Rachele, der Opa wolle ihr einen Kuss geben, dann hörte er das gequälte Schnaufen des Mädchens. »Schätzchen, hier ist Opa … du Arme, aber … jetzt kümmern sich die Ärzte um dich, und dann bekommst du einen schönen Gips und lässt alle darauf unterschreiben … in Ordnung?« Das Mädchen antwortete mit einem verdrucksten Ja, sie schien noch etwas sagen zu wollen, das zu einem unverständlichen Maunzen geriet, und fing wieder an zu weinen. Er stellte sich vor, wie sie den Arm an sich drückte, um den Schmerz zu ertragen. Hatten sie ihn geschient? Mit einer Binde fixiert? Er blickte zum Fenster; ein Sonnenstrahl fiel durch das rosagelbe Prisma, das er Mama vor rund zehn Jahren aus Marokko mitgebracht und das sie mit einer Nylonschnur am Fensterrahmen aufgehängt hatte: Es warf einen Regenbogen auf die Vorhänge und an die Wand und schaukelte sacht im Luftzug, der durch die Fensterritzen kroch. Es war ein altes Fenster. Es hätte gerichtet werden müssen. Der heftige Wind jener Tage drückte ächzend gegen das Glas.

»Papa?«

»Ja.«

»Ich rufe dich aus dem Krankenhaus an.«

»Es tut mir leid, dass ich kein Auto habe … Wirklich. Ich wäre zu euch gekommen oder …«

»Danke. Mach dir keine Sorgen.«

»Ich hätte Greta nehmen können. Oder ich weiß auch nicht.«

»Hast du für uns gekocht?«

Papa warf einen Blick auf das vor Schüsseln, Messern und Kellen überquellende Spülbecken, auf die verkrümelte Tischplatte. »So war es geplant.«
»Tut mir leid.«
»Ach was …«
»Hast du wirklich gefüllte Zwiebeln gemacht?«
»Ja.«
»Echt?«
»Ja.«
»So wie die von Mama?«
»Ich hatte gehofft, das würdest du mir sagen.«
»Und die Küche?«
»Was?«
»Ich meine, steht die Küche noch?«
Papa versuchte zu schmunzeln. »Hast du so wenig Vertrauen in die Fähigkeiten deines alten Herrn?«
»Bei einem Erdbeben würde ich mich auf eine deiner Brücken flüchten, aber wir reden hier von Gemüse und Soßen. Ich vermute, du kannst mit Beton besser als mit Seirass Käse.«
»Ruf mich an, Sonia. Sobald ihr dort seid.«
»Mache ich.«
»Lass mich nicht im Ungewissen.«
»Marco lässt dich grüßen …« Er hörte eine Mädchenstimme. »Und Greta auch.«
»Ja.«
»Ciao.«
Er ließ das Telefon sinken, ohne es aus der Hand zu le-

gen. Er blickte sich um. Die schmutzigen Töpfe, die in den Geschirrspüler geräumt werden mussten, das bereits aufgeschnittene Brot, der Vanillecremespritzer auf den Fliesen. Er ging ins Esszimmer. Auf dem gedeckten Tisch lagen die Papierservietten mit den Feen, die Rachele so gern mochte und die er in einem Partyladen gefunden hatte. Er hatte das Radio nicht wieder angestellt. Nicht einmal die Stimme eines Journalisten war da, um die Stille zu füllen, keine Wahl und kein Krieg, um ihn abzulenken. Unschlüssig stand er da. Und jetzt? Er hörte die Klospülung der Nachbarn und das Rauschen des Wassers in den Rohren. Das Surren des Kühlschrankes und das Bellen eines Hundes. Den Klang eines Klaviers und das Vibrieren eines Heizkörpers. Das Rappeln eines Rollladens. Er fuhr sich mit der Hand übers Gesicht, wie um es zu waschen, und um der schwerflüssigen Benommenheit zu entkommen, beschloss er, Alessandro anzurufen.

Die Europäische Chemikalienagentur ist dafür zuständig, die Bevölkerung vor dem Kontakt mit gefährlichen Substanzen zu schützen, keine Schadstoffe in die Umwelt gelangen zu lassen, die Menschen über Produktzusammensetzungen zu informieren und Fachleute über mögliche Gefahren aufzuklären.

Alessandro hatte im Zuge seiner Diplomarbeit zur ECHA Kontakt aufgenommen. Während seiner Promotion hatte er den Kontakt vertieft, und nach Mamas Tod machte er mit einer gewissen Martina, die er im Fitnessstudio kennengelernt hatte und die niemand leiden konnte – zumindest niemand von uns und seine Freunde, soweit ich weiß, ebenso wenig – Schluss und zog endgültig nach Helsinki. Sein Team stellte sicher, dass sich die Regierungen an die Vorgaben hielten, überwachte gemeinsam mit ihnen die Verbreitung hochgefährlicher Substanzen und spielte Ernstfallszenarien durch.

Alessandro war das Nesthäkchen der Familie. Der Junge. Der kleine König. Schön und geliebt. Von Papa hatte er den unruhigen Blick und ein ausgeprägtes Selbstwertgefühl geerbt. Von Mama das Lächeln, das selbst die wildesten Bestien besänftigen konnte, und die sprühende Schlagfertigkeit.

Mit sechzehn war er eines Nachmittags, als wir allein

zu Hause waren, aufgeregt in Sonias und mein Zimmer geplatzt, um mir zu eröffnen, dass unser Vater eine Geliebte in Venezuela habe. Er hatte sich aufs Bett gesetzt, auf dem ich gerade lernte, und erzählt, was er soeben mitbekommen hatte, und ich hatte ihm eine gescheuert. Nicht für das, was er gesagt hatte, sondern für die Art und Weise. Denn während mich die Bedeutung dieses Satzes wie plötzliches Hochwasser von den Füßen riss, hatte ich in seinen Augen weder Empörung noch Wut oder Verblüffung gesehen, sondern ein neonfarbenes Funkeln, ein feixendes Nachtklubstrahlen.
Er war wie vom Donner gerührt. »Spinnst du?«, fauchte er, sprang auf und griff sich an die Wange, die sich bereits verfärbte.
Ich hatte geschwiegen. Ihn fassungslos angestarrt. Mit zusammengebissenen Zähnen hatte er einen Satz auf mich zu gemacht, als wollte er sich auf mich stürzen, und obwohl ich wusste, dass es nur ein nervöser Reflex auf die Demütigung war, hatte ich ihm den erhobenen Zeigefinger entgegengestreckt. Um ihm Einhalt zu gebieten. Um ihm zu bedeuten, dass er es ja nicht wagen sollte. Dass er dieses verschwörerische Leuchten aus seinem Blick verschwinden lassen sollte. Völlig unvermittelt hatte er zu weinen angefangen. Seine großen, dunklen Augen hatten sich mit Tränen gefüllt, und mit der geballten Scham und Heftigkeit, zu der ein heulender Teenagerjunge fähig ist, hatte er geschluchzt, es sei wahr, er habe ihn mit einem Kollegen telefonieren hö-

ren, er habe gerade in seinem Zimmer Musik gehört und sei auf den Balkon gegangen, um dort im Metallschrank nach dem Klettergurt zu suchen, und Papa hätte ihn nicht bemerkt, weil er sich wohl vor neugierigen Ohren sicher wähnte und glaubte, der Krach aus dem Zimmer seines Sohnes würde ihn schützen, aber stattdessen hatte er, Ale, etwas mitbekommen, ein Wort, ein Lachen, und sich heimlich hingehockt. Es war eine, die auf der Baustelle arbeitete. Er hatte sie gefragt, wo man in der Gegend das beste *chicharrón* essen könne, und natürlich kannte sie ein Lokal unweit von San Fernando. Er hatte sie überredet, ihn zu begleiten, sie hatten die Nacht in einem Gasthaus an der Straße verbracht und sich geliebt, danach hatten sie sich weiterhin getroffen, und jetzt wartete sie jedes Mal auf ihn, wenn er nach Venezuela zurückkehrte.

Wer weiß, warum ich ausgerechnet daran hängen blieb: sich geliebt. Fast hätte ich Alessandro gefragt, ob er wirklich *sich geliebt* und nicht einfach *miteinander geschlafen* gesagt hatte, als würde das etwas ändern. Ich hatte ihn gefragt: »Und du bist dageblieben und hast alles mit angehört?«

Er massierte sich die Wange. »Ich konnte einfach nicht aufstehen.«

(Einmal, ich war noch klein, ging ich mit meinem Vater unter den Arkaden entlang, und dort hockte ein Betrunkener am Boden und himmelte eine Schaufensterpuppe an. Sie trug eine Seidenbluse, unter der sich ihr Busen abzeichnete, besonders die Brustwarzen. Nicht alle Schaufensterpuppen haben Brustwarzen, doch diese hatte welche, und der Betrunkene stierte sie an. Als wir an ihm vorbeigingen, machte Papa eine Bemerkung, an die ich mich nicht mehr erinnere, ich weiß noch, dass sie mir peinlich war. Irgendeine Anzüglichkeit. Ich weiß noch, wie es mich durchschoss, dass ein Vater in Gegenwart seiner Tochter so etwas nicht sagen durfte. Er durfte so etwas überhaupt nicht sagen. Das waren keine Papa-Gedanken. Jedenfalls nicht von meinem Papa.)

Wir schworen, niemandem ein Wort davon zu sagen. Nur Sonia würde ich einweihen. Es bliebe unser Geheimnis. Ich sagte, Papa sollte sich schämen und er sich genauso, so wie er mir davon erzählt hatte.
»Und was machen wir jetzt?«, hatte Alessandro gefragt und die Nase hochgezogen.
Ich fragte, was er meinte: Wir hatten doch gerade darüber gesprochen.
»Nein. Du hast gesagt, was wir *nicht* machen«, sagte er. »Aber was machen wir?«

Wenn ich heute an mich und Alessandro an jenem längst vergangenen Nachmittag zurückdenke, kommt mir in den Sinn, was Richard Ford in seinem Roman *Wild leben* geschrieben hat, den wir zuerst in Portugal und dann in Spanien und Italien mit enormem Publikumserfolg auf die Bühne gebracht haben: dass man mit sechzehn – so alt war Ale damals – nicht wirklich weiß, was in den Köpfen der Eltern vorgeht, was sie mitkriegen oder gar, was ihre Herzen bewegt. Und obwohl es einen davor bewahrt, allzu schnell erwachsen zu werden, riskiert man zugleich, die Wahrheit zu verlieren; die Wahrheit eines Vaters oder einer Mutter. Diese Ahnungslosigkeit macht es schwer, ein Urteil zu sprechen, das jeder früher oder später fällen muss. Ehrlich gesagt glaube ich heute, es war gut so. Doch damals hatte die Erkenntnis, in die geheime Welt unserer Eltern vorgedrungen zu sein, auf meinen Bruder und mich den Effekt einer Magenspülung, sie ließ uns ernüchtert und argwöhnisch zurück, überempfänglich für ihre Stimmungsschwankungen und auf Andeutungen lauernd, die sich in ihren Worten und Gesten verbargen. Wir fürchteten, der Vulkan, an dessen Hängen wir lebten, würde früher oder später ausbrechen, und hofften, dass uns zur schicksalhaften Stunde genug Zeit zur Flucht bliebe.

Hey, Papa«, sagte Alessandro, als er auf dem Computerbildschirm auftauchte. »Guten Tag!«

Unser Vater kniff die Lider zusammen, um das Bild besser deuten zu können. »Wo bist du?«

Alessandro, dem stets daran gelegen war, das Telefon der neuesten Generation in der Tasche zu haben, richtete sein Handy auf den Wald hinter seinem Rücken: Ein kleiner See verlor sich in einem Birkenhain, im Wasser war das Spiegelbild der Wolken zu erahnen, unberührte Schneeflecken schmiegten sich weich in das zerklüftete Terrain; Ales rote Wollmütze und der himmelblaue Schlauchschal hoben sich hyperrealistisch von dem verwaschenen Hintergrund ab wie auf einem Gemälde von Kehinde Wiley. »Hinter Espoo«, sagte Ale. »Ich mache gerade eine Fahrradtour mit Freunden. Du?«

»Wo soll ich schon sein?«

Ale verzog das Gesicht zu einem ansteckenden Grinsen. »Na klar, wo sollst du schon sein. Ich meinte, was machst du? Hast du was vor?«

Papa nestelte ein Papiertaschentuch aus einer Packung, die einsam neben der Tastatur lag.

»Eigentlich sollten Sonia und die Mädchen zum Mittagessen kommen.«

Er schnäuzte sich, ein Nasenloch schmerzte. »Aber es

ist was dazwischengekommen. Wie es aussieht, hat sich Rachele den Arm gebrochen.«

Alessandro riss die Augen auf. »Wie bitte?«

Er blieb ungerührt.

»Im Ernst?«

»Vom Baum gefallen.«

»Ach komm! Scheiße. Ich rufe sofort Sonia an. Wann ist das passiert?«

»Heute morgen. Bevor sie sich auf den Weg hierher gemacht haben. Angeblich wollte sie Kakis pflücken, um sie mir mitzubringen.«

»Die arme Süße …«

»Ganz schön gedankenlos von den beiden.«

»Von wem?«

»Deiner Schwester und Marco.«

»Wieso sagst du das?«

»Da rauszuziehen. Warum sind sie nicht in Turin geblieben? Die Wohnung der Großeltern war frei …«

»So läuft das nicht, Papa, und das weißt du.«

»Und wie läuft es dann?«

»Na ja, sorry, schau mich an …«

»Bei dir ist es was anderes. Du bist da hingezogen, weil die Agentur dort ist. Aber für sie hätte es keinen Unterschied gemacht, in Turin zu bleiben.«

»Anscheinend schon. Sonst wären sie ja geblieben.«

»Dabei mag ich Kakis gar nicht. Hast du mich jemals eine Kaki essen sehen?«

»Du wirst doch jetzt kein schlechtes Gewissen haben?«

Papa hob die Hand und trommelte sich mit den Fingerspitzen gegen die Stirn. »Na, lassen wir das. Was gibt's Neues? Hast du eine Wohnung gefunden?«

»Vielleicht. Morgen schaue ich mir eine an. Sie ist gleich beim Naturkundemuseum.«

»Ist sie günstiger?«

»Ich fürchte nicht. Aber größer. Und zwei Kollegen von mir wohnen im selben Haus.«

»Möbliert?«

»Teilweise. Die Küche und ein begehbarer Schrank sind drin.«

Die Verbindung brach ab, Alessandros Bild gefror zu einer Grimasse, in der Papa – als er mir Jahre später davon erzählte, hat er kurz gestutzt und ein Gesicht gezogen wie ein kleiner Junge, der, weil es regnet, doch nicht auf den Spielplatz darf und stattdessen den ganzen Tag zu Hause hocken muss – zu einer Grimasse also, in der Papa etwas von Mama wiedererkannte: die hochgezogenen Augenbrauen vielleicht oder die schmalen Lippen oder das Grübchen in der Wange, auf die ich ihn vor Urzeiten geohrfeigt hatte.

»Bist du noch da?«, fragte er und schüttelte die Computermaus so ungehalten, wie er als Junge auf den Röhrenfernseher gedroschen hatte.

»Papa … man …«

»Ja.«

»…indung schlecht …«

»Ich höre dich nicht.«

»Ich rufe dich … andermal an.«
»Moment.« Ein Anflug von Panik stieg in ihm auf, er atmete durch den Mund. »Warte. Erzähl mir noch was.«
Alessandro starrte wortlos auf den Bildschirm, deutete auf sein Ohr und verzog den Mund. Aus dem Off redete plötzlich jemand in einer fremden Sprache. Die Verbindung war wieder da.
»Ja, aber hör mal. Macht ihr wirklich eine Radtour? Wie kalt ist es denn bei euch? Minus sechs?«
»Wenn man radelt, spürt man das nicht. Und du weißt ja, es gibt kein schlechtes Wetter, sondern …«
»… sondern nur schlechte Kleidung.«
Die Stimme von vorhin mischte sich mit dem Wind, Alessandro drehte sich um und sagte etwas auf Englisch. Die Stimme erwiderte etwas. Er nickte lächelnd, zwei Krähen flogen aus dem Unterholz auf. »Ich muss Schluss machen«, sagte er in die Kamera. »Wir sprechen uns im Laufe der Woche, okay? Ich rufe dich an. Ich weiß noch nicht wann, weil ich einen Haufen Konferenzen habe. Nach Tallinn muss ich auch. Aber ich melde mich. Versprochen. Jetzt versuche ich es bei Sonia …«
»Ja.«
»Hab einen schönen Tag.«
»Ja.«
Sie blickten einander an, ohne etwas zu sagen. »Tut mir leid, dass du alleine bist. Warum fährst du nicht zu ihnen?«

»Ich habe kein Auto.«

»Was?«, sagte Alessandro. »Ich habe dich nicht verstanden.« Hinter ihm glitzerte der Schnee.

»Das Auto. Ich habe kein Auto, es ist …«

Ale bedeutete mit der Hand, dass er nichts hörte, verdammt …

Papa winkte ab und ließ den Zeigefinger durch die Luft kreisen, um zu sagen: später.

Ale reckte den Daumen, und die Verbindung brach ab, statt der rosigen Wangen meines Bruders zeigte der schwarze Bildschirm das Gesicht eines siebenundsechzigjährigen Mannes. Er blieb noch einen Moment sitzen, betrachtete sich und versuchte, in dem, was er sah, etwas zu entdecken, worauf er stolz sein konnte. Er spielte mit einem Bleistiftstummel, dann schlug er mit der flachen Hand auf die Tischplatte, stand auf und ging ins Wohnzimmer. Gefiltert durch Deckendämmung und Mauerwerk sickerte der sachte Klang des Klaviers zwischen dem Bücherregal und den Brückenfotos hervor. Papa versuchte, das Stück zu erkennen – *Bach?*

Er ging zum Tisch, nahm sich eine Scheibe Brot, zupfte das weiche Innere heraus und biss in die Kruste. Mit der Gabel angelte er sich eine gefüllte Zwiebel aus der Form. Sie schmeckte gut. Dass dem so war, erschien ihm wie eine Ironie des Schicksals. Wie gern hätte er es jemanden sagen hören. Wie sehr hätte er sich gewünscht, dass Sonia und die Kinder ihn dafür lobten.

Wie gern hätte er mit jemandem geredet, doch spontane Anrufe getraute er sich nur bei ihr und Alessandro, und selbst bei ihnen befürchtete er jedes Mal, wie nackt dazustehen. Das Leben hatte ihn mit interessanten Menschen zusammengebracht, mit denen er ebenso angenehme wie oberflächliche Beziehungen geführt hatte, kurzlebige Freundschaften, die die Zeit mit der Unerbittlichkeit eines Jahreszeitenwechsels gekappt hatte. Er verzehrte sich geradezu danach, sich in einer verwandten Seele zu spiegeln, aber da war niemand, und trotz dieser Berge von Essen hatte er keinen Hunger. Er fühlte sich wie ausgetrocknet. Also zog er seine Schuhe an, schlüpfte in Jacke und Schal, griff den Schlüssel und die Brieftasche von der Konsole, wobei er es tunlichst vermied, den schief an das Korkbrett gepinnten blauen Zettel anzusehen, und verließ die Wohnung.

Er nimmt die Leute hoch.«

Papa wollte gerade die Treppe hinuntergehen.

»Na los, komm wieder rein. Guten Tag«, sagte Andreas Mutter. Der Junge hatte sich die rote Adidas-Jacke ausgezogen und schlenkerte sie am Ärmel herum.

»Guten Tag, Maria.«

»Er nimmt die Leute hoch.«

»Andrea, komm rein. Und hör mit diesem Unsinn auf.«

Papa fragte, ob sie die Lösung kenne. Sie sagte Nein, das tue sie nicht und Andrea weigere sich hartnäckig, damit herauszurücken, der würde noch bis Weihnachten oder Ostern damit weitermachen, wenn niemand darauf käme. Papa lachte, und Andrea wurde sauer, weil er glaubte, sie würden ihn hochnehmen. Vielleicht war das die Lösung: »Das bin ich«, sagte Papa. Andrea wurde noch wütender. Nein, brüllte er, gar nicht, nicht er, gar nicht. Endlich gelang es seiner Mutter, ihn zurück in die Wohnung zu ziehen und die Tür zu schließen, und Papa setzte seinen Weg durch das sonntäglich stille Treppenhaus fort. Im zweiten Stock bemerkte er im Vorbeigehen einen Fleck an der Wand. Der war ihm nie aufgefallen. Er musterte ihn genauer. Ein Feuchtigkeitsfleck. Eine lecke Wasserleitung? Wusste der Hausverwalter davon? Früher hätte er ihn umgehend angerufen, auch sonntags, schließlich kann-

ten sie sich seit fünfzehn Jahren. Er wäre wieder nach oben gegangen, um die Leiter zu holen, den Fleck näher in Augenschein zu nehmen und die Art des Schadens festzustellen. Stattdessen starrte er ihn nur an und dachte, dass es an der Zeit lag, und an dem Haus: Auch der Longo Po Antonelli begann zu bröckeln.
Ihm kam Vergil in den Sinn, Schulstoff am Gymnasium: *omnia fert aetas.*
Die Zeit nimmt alles mit sich fort.

Als er aus dem Haus trat, stand er vor einem Veranstaltungsplakat des Teatro Erba, das zwei Wochen lang *Mord auf dem Nil* spielen würde. Autos parkten am Gehsteig. Er sah sie an und dachte, dass die Laubmenge auf den Dächern und Motorhauben verriet, wie lange sie schon dort standen; die gelben Blätter der Ahornbäume, die einzigen, die er sogleich erkannte, und dazu lanzett- und fächerförmige, die er nicht zu bestimmen vermochte. Er hätte es gern gekonnt. Das hatte er schon immer lernen wollen, aber es war hoffnungslos, kaum nannte man ihm die Namen der Bäume und ihre Besonderheiten, die Rinde, die Wuchsform oder dergleichen, hatte er es schon wieder vergessen. Dieser Gedanke brachte ihn auf mich. Ich war die Baumexpertin der Familie. Diejenige, die sich mit ihnen auskannte. Diejenige, die sie ihm zeigte, wenn wir spazieren gingen.
Er spürte den Wind im Rücken. Zog den Schal fest und steckte die Hände in die Jackentaschen. Langsam schlenderte er am Fluss entlang und sah die Stromschnellen im seichten, trüben Uferwasser. Er mochte die Art, wie der Fluss durch diesen Stadtteil floss, ungebändigter als an anderen Stellen. Er nahm die Fußgängerbrücke, blieb auf halbem Weg stehen und betrachtete den Flusslauf erst stromauf, dann stromab; da

die Alpen mit dem Dreieck des Monte Viso und die Spitze der Mole Antonelliana über den Hausdächern, dort die Hügel, lieblich wie in einem englischen Kinderbuch, wie bei *Pu der Bär*, mit grün umrankten Häuschen und allem, was dazugehört, und die Kirche Superga, die über das Leben der Menschen wacht.

Der Überweg mündete beim Denkmal für Fausto Coppi: Ein spiralförmig gewundenes Band sollte eine Bergstraße darstellen, und ganz oben fuhr er, umringt von jubelnden Fans, durchs Ziel. Er folgte dem Ufer zum Kirchlein Madonna del Pilone und zu Emilio Salgaris letzter Wohnstatt, wo er kurz innehielt, um sich, wie er es häufig tat, die Rückseite mit den Laubengängen anzusehen. Immer wieder hatte er Salgari auf seinen Reisen gelesen, besonders in Venezuela oder Bolivien oder an anderen Orten, deren Gerüche und Farben zur Lektüre passten. Er hatte ihn schon als Kind geliebt und fand ihn noch immer unwiderstehlich, die flachen Charaktere hatten etwas Entspannendes und die überbordenden Beschreibungen entfalteten einen geradezu hypnotischen Sog. Jedes Mal, wenn er vor diesem Haus stand, in dem Salgari *in ehrbarer Armut* gelebt hatte, musste er an verquere, von Ruhm und Schmerz gezeichnete Lebensläufe denken. Ob er, als ihn die Abenteuer der Tiger von Malaysia im Jahr 1883 mit einundzwanzig Jahren berühmt gemacht hatten, im Entferntesten hatte erahnen können, was ihn erwarten würde? Dass diese Geschichte, die als Fortset-

zungsroman in einer Zeitung erschien, nicht nur die erste von Hunderten wäre, die von Orten erzählten, an denen er nie gewesen war, sondern der Beginn eines unsteten, steinigen Weges über den schmalen Grad von Tod und Wahnsinn, der an einem Aprilmorgen im unweit gelegenen Wald der Villa Rey endete, mit einem Rasiermesser in der Tasche und dem Entschluss im Herzen, sich den Bauch und die Kehle aufzuschlitzen?
Seppuku. Der rituelle Suizid der Samurai. Ein exotischer Tod, der seinen Geschichten ebenbürtig war. Papa war fasziniert davon.
Ein Hund, der einem Mädchen weggelaufen war, schnupperte an Papas Schuhen. Er betrachtete ihn mit seinen herbstlichen Augen, ohne die Hand nach ihm auszustrecken oder seinen Kopf zu streicheln.

(Da war ein Hund, der während Mamas Beisetzung bellte, und ich weiß noch, dass alle sich darüber aufregten. Ich fand sein Gekläff tröstlich. Es war, als würde er mich durch den Schmerz führen oder mich hindurchschubsen. Er wollte nicht, dass ich mich davor drückte oder nach Linderung suchte. Er bedrängte mich, wie es Hütehunde nun einmal tun, und zwang mich, weiterzugehen und den Schmerz zuzulassen – was für ein anmaßendes Bild für einen solchen Gedanken. Ich wartete darauf, dass ein Wort der heiligen Schrift – es war eine kirchliche Beisetzung, obwohl niemand von uns gläubig katholisch war, in der Familie bezeichneten wir uns scherzhaft als *Sympathisanten* –, dass nur ein einziges Wort mir den Trost spendete, der mir laut dem jungen Prediger mit den sanften Augen hätte zuteilwerden sollen. Dabei gab er sich ernsthaft Mühe. Er hängte sich richtig rein, das konnte man sehen. Aber umsonst. Ich lauschte dem Hund. Den Streicheleinheiten des bescheidenen Gottesdieners zog ich den wilden Radau des Köters vor, der mir ohne Heuchelei entgegenbellte, dass alles zu Ende war, dass sie nicht mehr da war und es nie mehr sein würde, nicht einmal am Ende aller Zeiten, dass wir nie mehr einen Cappuccino mit Haselnusskrokant zusammen trinken würden, dass ich nie mehr sehen würde, wie sie sich die Brille hochschob, nachdem sie sie auf die Nasenspitze hatte rutschen lassen, um einen über die Gläser hinweg mit ironischem Blick zu mustern. Dass ich nie mehr ihre SMS bekommen würde. Dass wir uns nie mehr gemeinsam aufs Sofa setzen würden, um eine Partie Volleyball anzusehen. Dass sie keines der Stücke sehen könnte, die ich von nun an auf die Bühne brachte. Dass sie von all dem, was ich tun würde, nichts erfahren würde. Sie wäre nicht da. Das war's.)

Das Mädchen rief den Hund zurück. Mein Vater sah ihn davontrotten und machte kehrt. Zurück an der Fußgängerbrücke schlug er nicht den Heimweg ein, sondern ging weiter Richtung Skatepark an der Motorradrennbahn. Normalerweise hingen dort Teenager

mit krachlauter Musik herum, doch es war Sonntagmittag und der Platz so gut wie verwaist. Da war nur ein Junge in einem viel zu großen Sweatshirt und mit einer gelben Mütze, die seine pechschwarz hervorquellenden Locken kaum zu halten vermochte; er hatte sandfarbene Haut wie die Kinder, die Papa in Vietnam gesehen hatte.
Auf einer der beiden Bänke an den Rampen saß eine gelangweilt aussehende junge Frau. Mein Vater setzte sich auf die Bank daneben, die Hände in den Jackentaschen vergraben.
Das waren seine beiden Bänke. Aus Holz. Zwei dunkelgrün gestrichene Planken als Sitzfläche und eine dritte identische als Rückenlehne, großflächig abgeplatzter Lack, mit Schlüsseln hineingekratzte Namen, Versprechen und Flüche, vom Gebrauch stumpf geriebene Kanten.
Die Bänke am Skatepark.
Er mochte sie. Von dort sah man die Collina, den Fluss und am anderen Ufer den Lungo Po Antonelli.
Hier fühlte er sich wohl.

In leichter Hocke fuhr der Junge in die Halfpipe hinunter und rollte auf der gegenüberliegenden Seite hinauf. Oben auf der Kante stoppte er das Skateboard und ließ sich von der Schwerkraft wieder abwärtsziehen. Nachdem er die Übung noch zweimal wiederholt hatte, machte er einen Seitwärtsschwung hinaus zu einer kleineren Rampe mit Metallgeländer. Von dort ließ er sich auf eine erhabene Pyramide am Boden zurollen. Mit einem Sprung setzte er über die schiefe Ebene, landete dahinter, drehte das Skateboard halb um die eigene Achse und drückte auf das Tail: Das Brett löste sich vom Boden, mit einer geschickten Bewegung bekam er es wieder unter den Fuß, und weiter ging's.

Papa frequentierte die Bänke am Skatepark schon lang genug, um zu wissen, dass der Trick bemerkenswert elegant ausgeführt worden war. Er versuchte, nicht an Rachele zu denken. Er warf einen Blick auf sein Handy, um zu sehen, ob eine Nachricht eingegangen war, doch vergeblich. Er beobachtete den Jungen, der in nur scheinbar zufälligen Bahnen über die Piste schlingerte: Jede Geste ging fließend in die nächste über. Die Windböen, die vom Fluss heraufwehten, schienen ihn vor sich her zu treiben. Wenn ein Kunststück misslang, blieb er stehen, den Blick konzentriert nach innen gerichtet; dann versuchte er es noch einmal. Er übte vor allem Tricks, für die er keine Rampen brauchte. Wenn das Brett ihm entwischte, ließ er es ausrollen, trabte hinterher und stoppte es mit dem Fuß.

Er nahm Fahrt auf. Erklomm die höchsten Rampen. Ganz oben versuchte er, seinen Körper zu drehen, griff mit einer Hand nach dem Brett und mit der anderen nach der Kante. Plötzlich verlor er den Halt und stürzte kopfüber die Rampe hinunter. Ein ohrenbetäubender Knall. Papa sprang auf. Er hastete über die Bahn, und als er bei ihm war, bemerkte er, dass die Frau von der Nachbarbank neben ihm stand. Das Gesicht des Jungen war schmerzverzerrt, und er rieb sich das Brustbein.

»Alles in Ordnung?«

»Brich dir ruhig den Schädel«, sagte die Frau. »Das fehlte gerade noch.«

»Das war doch keine Absicht ...«, jammerte der Junge.

»Ach nein? Dann hast du also nicht versucht, dich umzubringen. Na, immerhin.«

»Du solltest einen Helm benutzen«, sagte mein Vater.

»Er sollte sein Hirn benutzen«, erwiderte die Frau.

Sie musterten den leidenden Jungen wie das gestrandete Skelett eines seltenen Walfisches. Er blieb noch einen Moment liegen, dann stemmte er sich auf die Ellbogen, blickte sich nach dem Skateboard um und grinste die Frau entwaffnend an. Sie hielt ihm die Hand hin. Er griff danach und zog sich hoch. Mit kreisendem Arm, um den Schmerz in der Schulter zu lindern, ging er das Brett holen und flitzte los, als wäre nichts gewesen.

Papa und die Frau sahen einander an: Er deutete ein einverständiges Lächeln an, das sie nicht erwiderte, und gemeinsam kehrten sie schweigend zu den Bänken zurück.

Ihm war gar nicht in den Sinn gekommen, die beiden könnten zusammengehören. Was verband sie? In welcher Beziehung standen sie zueinander? Sie sahen sich kein bisschen ähnlich. Der Junge mit der dunkleren Haut hatte etwas Sprühendes; sie trug eine nachlässige skandinavische Blässe zur Schau. Er hatte dichtes, schwarzes Haar; ihres war kurz und blond und hing ihr über die Ohren. Aus ihm würde bestimmt einmal ein athletischer, stattlicher Kerl werden; sie erinnerte eher an ein kleines Haustier, an ein Albinokaninchen vielleicht. Papa war neugierig geworden. Er überlegte, was er sagen könnte, ohne als alter Topfgucker dazustehen, doch ihm fiel nichts ein. Er schwieg eine Weile, dann gab er sich einen Ruck.

»Ist das Ihr Sohn?«

Die Frau blickte von ihrem Handy auf und sah zu dem Jungen hinüber. »So ist es.« Ein Hupen von der Straße ließ sie herumfahren. »Sie haben recht …«

»Womit?«

»Wir sehen uns nicht besonders ähnlich.«

»…«

»Haben Sie deshalb gefragt?«

Papa ließ die Hand flüchtig vor seinem Gesicht kreisen. »Nun ja … das Äußerliche, meine ich.«

»Sie haben recht. Aber glauben Sie mir, er ist mein Sohn. Klar, rein optisch betrachtet …«

»Wo kommt sein Vater her?«

»Seine Familie stammte aus Neukaledonien.«

»Neukaledonien …« Papa kniff die Lider zusammen. »Da bin ich nie gewesen. Ich bin ziemlich viel herumgekommen, aber nach Australien oder Neuseeland

habe ich es nie geschafft. Ich wäre gern einmal hingefahren.«
»Tun Sie das.«
»...«
»Ich meine es ernst.«
»Das glaube ich. Wie gesagt, ich bin viel herumgekommen. Vielleicht zu viel. Aber damit ist es vorbei.«
»Oh. Wenn ich könnte ... Ich bin auch viel gereist, vor Jahren, als Gaston noch nicht da war. Ich war jung, *blutjung*. Das war gleich nach dem Gymnasium. Monatelang bin ich von einem Zug in den nächsten gestiegen. Kommt mir vor, als wäre es hundert Jahre her. Wenn ich könnte, würde ich sofort aufbrechen.«
»Und wohin?«
»Machen Sie Witze?« Sie blickte zu den Baumwipfeln empor. »Überallhin, völlig egal.«
Gaston war wieder ganz in der Bewegung aufgegangen, und die Bewegung war ein Teil von ihm, wie bei manchen Fischarten, die sterben, wenn sie sich nicht rühren können. Das Handy der Frau gab etwas von sich, sie griff danach. Beide flüchteten sich wieder in ihr Schweigen, bis sie gedankenverloren und ohne ihn anzusehen fragte, weshalb er viel herumgekommen sei.
»Beruflich.«
»Pilot?«
»Ich hatte mit Brücken zu tun. Ich bin Ingenieur.«
»Brücken.«
»Ich plante sie, das heißt, wir planten sie, wir waren ein

ziemlich großes Team. Wir bauten sie. Große Projekte. Überall dort, wo man uns brauchte, von Südamerika über Afrika bis Südostasien.«

»Wie groß?«

»Unterschiedlich. Manche waren ziemlich riesig.«

»Das war sicher nicht ohne.«

»Manchmal.«

»Und manchmal war es ein Klacks?«

»Nun ja, das hängt vom Ort ab. Flüsse oder Schluchten, die überbrückt werden müssen. Berge, an denen man sich verankern muss oder eben nicht. Mitunter hatte es etwas Episches. Eine Art Tauziehen mit der Natur. Ich weiß nicht, wie ich's erklären soll.«

»Das hat Ihnen Spaß gemacht, oder?«

»Und wie.«

»Das hört man.«

Er lächelte.

»Sie klingen, als würde es Ihnen fehlen.«

Papa beobachtete Gaston. Reglos und konzentriert stand er auf seinem Brett, als spürte er einem bestimmten Impuls oder der richtigen Balance nach, den vorderen Fuß auf der Mitte des Decks, den hinteren halb auf dem Tail. Er drückte es hinunter. Das Brett bäumte sich auf und rutschte weg. Er konnte den Sturz gerade noch mit den Händen abfangen, schlug mit dem Hintern auf und verzog das Gesicht.

»Schon wieder?«, rief die Mutter.

»Er sollte wirklich einen Helm benutzen.«

»Er hat einen. Ich habe ihm einen gekauft. Er sagt, er störe ihn.«

Papa und die Frau saßen auf ihren Bänken. Der Verkehr auf dem Corso Casale floss träge vorbei, und hier und da lösten sich ein paar Möwen aus dem Schwarm, der das Uferstück in Beschlag genommen hatte, und kreisten über ihren Köpfen. Es waren nur wenige Menschen unterwegs. Aus den Wohnhäusern dunstete kastanienduftende Behäbigkeit. Die Frau mahnte ihren Sohn noch einmal zur Vorsicht, *bitte*, und Papa musterte sie und befand, dass sie besser aussah, als er zunächst angenommen hatte. Trotz ihrer kaninchenhaften Unscheinbarkeit hatte sie etwas Knisterndes, Ungestümes, das ihn neugierig machte: Ihre zementgraue Jacke schien das Licht zu verschlucken, aber die Bündchen waren bunt gestreift; ihre abgetragenen Jeans waren zu hell und zu mädchenhaft, doch statt der üblichen pinksilbernen Turnschuhe trug sie dazu braunlederne Pilzsucher-Wanderstiefel mit roten Schnürbändern.

An diesem Sonntag saßen sie beide auf ihren Bänken, zwischen sich einen Rasenstreifen und rund dreißig Jahre Altersunterschied, vor sich einen kleinen Jungen auf einem Skateboard, der sie an unbeschwerte Zeiten erinnerte, und über sich den Himmel, blank gefegt von einem böigen Föhnwind, der angeblich noch stärker werden und die Waldbrandgefahr erhöhen sollte.

Irgendwann hatte mein Vater das Bedürfnis, sich vorzustellen.
»Elena«, erwiderte die Frau.
Keiner der beiden rührte sich von seinem Platz.

Damals lebte ich in Rom.
Jawad in London. Die Zwillinge gab es noch nicht.
Morgens ging ich im Caffarella-Park laufen; dann machte ich einen Schlenker über den Markt, um Obst und Gemüse zu kaufen, ging zum Frühstücken in eine Bar, kehrte nach Hause zurück und setzte mich daran, zwei Regiebücher zu korrigieren und einen Workshop vorzubereiten, den ich in Vicenza abhalten sollte.
Ein paar Monate ehe Rachele vom Baum fiel, betrat ich eines Morgens die Bar – es gab drei, zwischen denen ich je nach Vorliebe wechselte: eine hatte zum Schreien gute cremegefüllte Croissants, die zweite piemontesische Maismehlkekse und die dritte umwerfend köstliche Rosinenbrötchen –, kurzum, ich betrat die mit den Croissants. Wie üblich war der Tresen von Leuten in Beschlag genommen, die miteinander schwatzten, als hätten sie nicht nur einen Espresso bestellt, sondern den ganzen Tresen gekauft, und sich nicht um die Gäste in ihrem Rücken scherten, die nach einer Lücke suchten, um bestellen zu können. Als ich meinen Cappuccino ergattert hatte, fiel mein suchender Blick auf ein Zweiertischchen, an dem ein einsamer Herr saß: Er war sehr alt und bröselte ein Stück Focaccia in ein Glas Latte macchiato. Er bewegte sich

bedächtig, unempfänglich für das Gelärm ringsum. Durch die Fensterfolien fiel bläuliches Licht auf ihn. Er hatte die Focaccia auf ein blau-weiß kariertes Stofftaschentuch gelegt: Er brach ein Stück davon ab, ließ es ins Glas fallen, angelte es mit dem Löffel wieder heraus, beugte sich vor und reckte den Hals wie eine Schildkröte, um sich nicht zu bekleckern. Weil ich nicht wusste, wo ich mich mit meiner Einkaufstasche lassen sollte, ging ich zu ihm und fragte, ob wir uns das Tischchen teilen könnten.

Dummerweise sprach ich ihn an, als er gerade den Löffel zum Mund führte.

Meine Frage traf ihn völlig unvorbereitet. Er musste innehalten, seine Hand zitterte, ein paar Tropfen landeten auf seiner Hose, und er schaute mich betreten an. Um antworten zu können, ließ er die Focaccia wieder in das Glas plumpsen, dann deutete er auf den Stuhl. Ich dürfe mich setzen. Der Platz sei frei. Ich bedankte mich, stellte meine Tasche und den Cappuccino ab und ging mir ein Croissant holen. Als ich zurückkam, hatte er wieder zu essen begonnen. Mir fiel auf, dass er schöne blaue Augen hatte, freundlich und altersmatt. Ohne auf mich zu achten, fuhr er fort, die Focaccia einzutunken, und während ich seinen Bewegungen mit den Augen folgte, sah ich unter dem Taschentuch, auf dem die Focaccia lag, ein Foto hervorlugen, das er mit flüchtigen Blicken bedachte, als gehörte es zum Frühstück dazu, um den Erinnerungshunger zu stillen.

Ich spähte hinüber. Doch weil es verkehrt herum lag und wegen des diesigen Lichtes der Fensterfolien konnte ich nichts Genaues erkennen. Meine Bemühungen gerieten derart offensichtlich, dass er sie bemerkte. Ich musste lachen. Das passiert mir manchmal, ich wirke fast forsch auf die Leute – Jawad sagt das immer. Aber das geschieht unbewusst. Ich bin nun einmal neugierig. Ein Anflug von Panik huschte über das Gesicht des Alten, als hätte ich ihn bei etwas Unanständigem erwischt. Hastig stupste er das Foto mit dem Finger unter das Taschentuch.

»Verzeihung. Das war unhöflich.«

»Nein«, sagte er abwehrend. »Es ist nur ... ich will nur nicht, dass es Flecken bekommt.«

Er hatte etwas so Rührendes an sich, dass ich ihn am liebsten umarmt hätte. »Wenn es keine Flecken bekommen soll, ist das vielleicht nicht der richtige Aufbewahrungsort.«

Er tat so, als hätte er mich nicht gehört, brach ein winziges Stückchen Focaccia ab und ließ es in sein Glas fallen. Eine bildhübsche schwarze Frau, die mit zwei Kindern die Bar betreten hatte, lenkte mich einen Moment lang ab: Sie verbreitete einen intensiven Duft, die beiden Kinder spielten mit Modellautos, die sich in Roboter verwandelten.

»Ich habe auch ein Foto dabei.«

Der Alte sah von seinem Glas auf und ruckte den Kopf leicht zurück, um festzustellen, ob ich mit ihm sprach.

Ich blickte ihn geradewegs an. »Heutzutage sind wir von Fotos umgeben. Aber erinnern Sie sich noch, als man nur ein paar zerknickte Bilder im Portemonnaie mit sich herumtrug? Schauen Sie mal …« Ich holte mein Portemonnaie heraus und zog eine verblichene Aufnahme aus den Sechzigern heraus, ein Mann und eine Frau vor einem Fiat 600. »Das sind meine Großeltern. Sind sie nicht wunderschön? Ich habe eine Schwäche für alte Fotos. Manchmal kaufe ich welche auf dem Flohmarkt«, fuhr ich fort, »und verwende sie in meinen Theaterstücken …« Bei dem Wort »Theaterstücke« tat sich etwas. Seine Lippen öffneten sich leicht, als wollte er etwas fragen, doch als nichts kam, schob ich hinterher: »Ich schreibe fürs Theater.«
Er zog das Foto unter dem Taschentuch hervor, betrachtete es und hielt es mir hin. »Wir haben uns am Theater kennengelernt.«
Es war ein Schwarz-Weiß-Bild: Eine junge Frau lehnte an einer Hauswand, man sah ein verwittertes Stück Fensterladen, einen Blumentopf, eine schattige Gasse und, so schien es, am Ende der Gasse das Meer; die senkrechte Sonne eines heißen Frühnachmittages erhellte die Szene, und die Frau hielt mit einer Hand ihren Hut fest, damit der Wind ihn nicht vom Kopf blies; auf ihrem Gesicht lag ein verschmitztes Lächeln, als hätte sie etwas gesehen, was sie nicht sehen durfte.
»Sie und diese Frau?«
»Ja. Sie war meine Frau.«

»Sie ist wunderschön. Und wie kam es dazu?«, fragte ich und fegte die Croissantkrümel vom Tisch. »Dass Sie sich am Theater kennengelernt haben?«
»Ich war Zimmermann«, antwortete er. »Bühnenbauer.«
»Ach wirklich? Für welches Theater?«
»Oh, wo ich gerade gebraucht wurde.«
»Und sie?«, fragte ich und gab ihm das Foto zurück.
»Sie saß an der Kasse. Bei einem Kleinstadttheater. Römische Provinz.« Er fing wieder an, das Brot einzutunken, als wollte er sich Zeit nehmen, sie sich ins Gedächtnis zurückzurufen: hinter dem Schalterglas, links oben der Hut von dem Foto an einem Garderobenknauf, rechts die Eintrittspreise, per Hand oder mit einem Pinsel auf ein Holz- oder Blechschild geschrieben.
In dem Moment klingelte mein Handy. Es ging um ein Formular, das ich noch nicht ausgefüllt hatte. Ich entschuldigte mich und sagte, ich würde es losschicken, sobald ich wieder zu Hause wäre. Ich stürzte den inzwischen kalt gewordenen Rest Cappuccino hinunter.
»Tut mir leid«, sagte ich. »Ich muss los. Aber vielleicht trifft man sich mal wieder, dann erzählen Sie mir den Rest. Ich würde gern noch mehr erfahren, vor allem über Ihre Arbeit. Für mich sind Bühnenbilder reinste Magie, verstehen Sie, was ich meine?«
Er nickte. Der bläuliche Schimmer der Fensterfolien, der diesen Teil der Bar erfüllte, fiel auf sein weißes

Haar und das abgetragene Jackett und gab ihm etwas Unwirkliches, als würde er sich im nächsten Moment auflösen. Einen Moment lang stand ich da und sah ihn an. Er schien nichts weiter sagen zu wollen. Ich wünschte ihm einen schönen Tag, was er mit einer ungelenken Handbewegung erwiderte. Als ich die Tür der Bar aufzog, drehte ich mich noch einmal nach ihm um – er hatte etwas an sich, von dem ich mich einfach nicht lösen konnte – und stellte fest, dass das Foto wieder an seinem Platz unter dem Taschentuch lag.

Die Rampen des Skateparks waren mit Zeichnungen und Schriftzügen bedeckt: Strichmännchen, aufgeblasene Buchstaben, elastisch und prall wie Luftballons, gesprayt oder mit dicken Eddings mit Keilspitze hingekritzelt; vor allem schichtweise Krakeleien, die an Unterschriften erinnerten. Einmal, als niemand dort war, hatte Papa sie sich aus der Nähe besehen und zu entziffern versucht, was sich als so gut wie unmöglich erwies; es waren Kürzel, Dinge wie *skag, venum4, risho, charte*. Ein vom Amt für Sportanlagen aufgestelltes Schild forderte zum Tragen von Helmen auf und riet zu Ellenbogen- und Knieschonern, doch die meisten Mädchen und Jungs, die er gesehen hatte, verzichteten darauf, als weigerten sie sich, einen Sport zu domestizieren, an dem sie vor allem das Anarchische liebten. Es wäre längst nicht dasselbe gewesen. Wie hatte Sonia gesagt? Kein Spaß ohne Risiko.

Er dachte an Rachele. Warf einen Blick auf das Telefon. Keine Nachricht. Er versuchte anzurufen, doch weder Sonia noch Marco reagierten.

»Ich habe Hunger«, sagte Gaston und kam, das Skatebord in den Händen, mit glänzenden, mandelförmigen Welpenaugen, deren Wimpern so lang waren, dass man Fliegen damit fangen konnte, auf die Mutter zu. Etwas Schwelendes lag in seinem Blick, und aus den von hohen Wangenknochen dominierten Zügen sprach ein für einen Jungen seines Alters ungewöhnlicher Stolz, etwas Uraltes, Tiefgründiges: So empfand es mein Vater. Elena vergrub die Hand im Rucksack und zog ein in Klarsichtfolie gewickeltes Päckchen hervor. Gaston griff danach, hielt es in der schlaff herabhängenden Hand und sagte: »Tacos.«

»Du magst doch Tacos. Das ist der mit Zwiebeln und Käsesauce.«

»Darum geht's doch nicht, Mama …« Er seufzte. »Es ist nur …«

»Die isst du doch gern.«

»Ja, schon, aber das sind Tiefkühl-Tacos.«

»Der ist nicht gefroren. Kommt er dir gefroren vor?«

»Du weißt schon, was ich meine.« Unschlüssig drehte er den Taco in der Hand. »Hör mal«, er blickte sich um, »warum können wir nicht zu Oma gehen?«

»Machen wir bald.«

»Wann?«

»Nächste Woche.«

»Aber …«

»Hast du mich nicht gehört?«

»Das hast du letzte Woche auch gesagt.«

»Gas. Sieh mich an. Nächste Woche.«

Sie starrten einander herausfordernd an – und ja, sie hatte recht, es bestand eine Ähnlichkeit –, dann ließ Gaston den Taco in den geöffneten Rucksack plumpsen, und ehe Elena etwas sagen konnte, war er bereits wieder auf der Piste und schoss auf die Rampen zu. Mit unbewegter Miene folgte sie ihm mit den Augen, dann schüttelte sie den Kopf. »So läuft's …«, flüsterte sie sich und ihren Gespenstern zu. Sie schlug die Beine übereinander, stützte den Ellenbogen auf den Schenkel und presste die Faust an die Lippen. Ein Blatt war an der Sohle ihrer Wanderschuhe kleben geblieben. Mit spitzen Fingern zupfte sie es ab.

Da er spürte, dass dieser Konflikt etwas sehr Privates war, das ihn nichts anging und zu dem er nichts zu sagen hatte, vertiefte sich Papa in den Flug der Möwen; er vergrub die Hände in den Jackentaschen und zog die Schultern hoch, als wollte er sich in einem Schneckenhaus verkriechen, als könnte diese Geste auch für Elena sinnhaft sein, und so saßen sie da, jeder in seine Gedanken versunken, bis ein plötzliches Quietschen von Bremsen sie zur Straße herumfahren ließ.

Ein Scheppern. Ein Auffahrunfall.

Zwei Autos, aus denen zwei Männer ausstiegen.

Der Fahrer des gerammten Fahrzeugs, ein Kerl um die dreißig in weißem Hemd und Pullover, schimpfte sogleich auf den anderen ein, einen gepflegten, grauhaarigen Herrn, der sich den Gesten nach offenbar zu entschuldigen versuchte. Im Haus gegenüber hingen die Leute bereits an den Fenstern. Der Dreißigjährige brüllte herum, und sein Zetern fuhr wie ein Peitschenhieb durch die sonntägliche Stille: Er ticke wohl nicht mehr richtig, einliefern sollte man ihn, ihm den Führerschein wegnehmen; ihn erledigen, so drückte er sich aus, man sollte ihn erledigen. Die Worte des Älteren waren nicht zu verstehen. Er sprach leise, rückte seine Brille zurecht und deutete eine bußfertige Verbeugung an. Die Luft war gesättigt von der Wut des jungen Mannes: Er deutete auf die herabhängende Stoßstange seines Toyota und konnte sich gar nicht mehr einkriegen. Der Alte zeigte auf seinen Volkswagen und sagte etwas Wasserdünnes, das den Jungen erst recht in Rage versetzte: Er ging auf ihn los, packte ihn bei der Jacke und verpasste ihm eine Ohrfeige. Keine schallende. Aber schallend genug, um dem Älteren die Brille von der Nase zu fegen.

Mein Vater und die Frau waren aufgesprungen, und bei der Ohrfeige wäre Papa beinahe dazwischengegangen, wären nicht zwei Fußgänger bereits auf dem Weg über die Straße gewesen. Gaston stand wie angewurzelt auf der Bahn und beobachtete die Szene, das Brett in der Hand, Verständnislosigkeit im Blick. Autos fuhren hupend an dem Auffahrunfall vorbei, wie um zu sagen, aus dem Weg, streitet euch woanders. Einer der eingreifenden Passanten hatte die Brille des Älteren aufgehoben und fummelte an einem der Gläser herum, das aus der Fassung gesprungen war. Der zweite versuchte den jungen Mann zu beruhigen, der noch immer halsstarrig auf den Schaden zeigte und brüllte, auf den Straßen seien nur Vollidioten unterwegs, der Wagen sei neu, verdammte Scheiße.

Gaston kam zu seiner Mutter. »Gehen wir Pizza essen?«
»Wir haben Tacos.«
»Ich will keine Tacos.«
»Lass uns erst mal gehen«, sagte sie, griff sich den Rucksack und warf einen entnervten Blick zu dem Unfall hinüber. Als sie mir Jahre später davon erzählte, hatte Elena ihn noch genau vor Augen, obwohl er natürlich nicht das Wichtigste war, was sich an diesem Tag ereignet hatte; sie sagte, sie hätte sich von dieser Wut wie beschmutzt gefühlt; als hätte ein Hund sich den Dreck aus dem Fell geschüttelt.
»Können wir nicht Pizza holen gehen?«
Elena hob eisig die Stimme. »Hörst du jetzt bitte auf?«
Schnaubend kickte Gaston nach etwas Unsichtbarem und trottete Richtung Fußgängerüberweg davon. Sie drehte sich zu meinem Vater um, der stumm dasaß und halb zu ihr hinüberblinzelte. »Wenn es das ist, was Sie gerade denken«, sagte sie, »dann lautet die Antwort Ja, es ist gerade nicht einfach.«
Papa sagte nichts. Er machte eine unbeholfene Kopfbewegung.
»Was soll das heißen?«, fragte Elena.
»Nein, ich meine … das geht mich nichts an.«
Die Frau zog die Nase hoch. »Sagen Sie das aus Nettigkeit zu mir oder zu sich selbst?«
Papa musterte sie mit zusammengekniffenen Lidern, wie geblendet.

»Wissen Sie«, sagte sie, »ich habe den Eindruck, wenn die Menschen sich aus anderer Leute Angelegenheiten raushalten, dann tun sie das meist nicht, weil sie gut erzogen sind oder ihrem Gegenüber nicht zu nahe treten wollen, sondern um sich selbst einen Gefallen zu tun. Das habe ich kürzlich gelesen, in einem Roman, und das ist gottverdammt wahr, denn sobald man eine Frage gestellt und eine Antwort bekommen hat, kann man nicht mehr so tun, als wäre nichts. Als ginge es einen nichts an. Dann hängt man mit drin.«
»Das meinte ich nicht.«
»Tja, woher soll ich wissen, was Sie meinten, wenn Sie es mir nicht sagen. Was meinten Sie denn?«
»Ich wollte nicht aufdringlich sein.«
Der jüngere Autofahrer zeterte noch immer, jemand schimpfte aus einem Fenster zurück.
Elena stieß einen langen Atemzug aus. »Entschuldigen Sie«, sagte sie.
»Sie müssen sich nicht entschuldigen.«
»Ich wollte nicht unhöflich sein.«
»Sie waren aufrichtig.«
»Und Sie sind seit Tagen der erste Mensch, der mir über den Weg läuft, ob nett oder nicht. Das ist alles.« Sie lachte und schlug die Beine mit jugendlicher Leichtigkeit übereinander, die zu den roten Schnürbändern ihrer Wanderschuhe passte. »Also Vorsicht … noch können Sie fliehen.«
»Aber …«

Elena hob leicht das Kinn.
»Kann ich etwas für Sie tun?«
»Zum Beispiel?«
»Sagen Sie es mir.«
»Nein. Ich glaube nicht.«
»Diese Sache mit der Pizza und den Tacos«, sagte Papa und deutete auf den Rucksack. »Wenn es darum geht, na ja, ich würde mich freuen, wenn ich Ihrem Sohn eine Pizza spendieren dürfte.«
»Sie wollen mir Geld geben?«
»Brauchen Sie denn welches?«
»So arm dran sind wir nun auch wieder nicht.«
»Aber wenn ich recht verstanden habe, können Sie es sich nicht leisten, Ihrem Sohn eine Pizza zu kaufen.«
»Klar könnte ich das.«
»Aber Sie wollen nicht.«
»Genau.«
»Darf ich fragen warum?«
»Weil wir die Tacos aufessen müssen.«
»…«
»Und außerdem … ist alles ziemlich kompliziert. Und ich versuche nur, eine gute Mutter zu sein.«

Einmal, als Papa von einem langen Auslandsaufenthalt zurück war und sich eine seiner Auszeiten genommen hatte, um zu Hause bei uns zu sein, steckte er eines Nachmittags den Kopf in mein Zimmer, sagte, er habe Lust auf ein Eis, und fragte, ob ich ihn begleiten wolle.

Wir machten uns an den Murazzi entlang auf den Weg zur Piazza Vittorio. Es hatte viel geregnet, und das Flusswasser war dunkel vor Schlamm. Wir spazierten nebeneinander her und redeten über dies und das. Wenn er wollte, war er gut darin, mich aus der Reserve zu locken und so zu tun, als brennte er darauf zu erfahren, was sich in seiner Abwesenheit abgespielt hatte – und vielleicht stimmte das sogar oder ihm war einfach nur daran gelegen, uns glauben zu lassen, es interessiere ihn. Ich erzählte von der Schule, von Freundinnen, deren Namen er schon einmal gehört hatte. Unter den Arkaden kamen wir an einem jungen Straßensänger vorbei, der sich auf einer ramponierten Gitarre begleitete; mit seinem Hut bat er um Kleingeld. Ich wollte gerade in die Tasche greifen, als Papa mich zurückhielt. »Was tust du da?« Ich sagte, der Junge sehe nett aus und ich würde ihm gern helfen. »So hilfst du ihm bestimmt nicht«, schalt er kopfschüttelnd: Ein paar Münzen seien wie Schmerzmittel – so drückte er sich aus – für einen Kranken. »Einen Moment lang vergisst er seine Krankheit, aber dann … Wenn du ihm wirklich helfen wolltest, müsstest du herausfinden, an welcher Krankheit er leidet, und eine Therapie dagegen finden. Vor lauter Schmerzmitteln glaubt man irgendwann, es gehe einem tatsächlich gut, aber dann, eines Tages … *hoppla, na so was* … ist man tot!« Ich verstand, worauf er hinauswollte. Papa sagte häufig Dinge, die mir im ersten Moment verblüffend scharfsinnig erschienen. Wir erreichten die Eisdiele. Mit einer Waffel Schokolade und Pistazie und einer Zitrus-Minze-Granita traten wir wieder heraus. Als wir auf dem Heimweg wieder an dem Jungen vorbeikamen, wurde ich langsamer, schob die Hand in die Tasche, holte das Restgeld hervor, mit dem ich bis dahin gespielt hatte, und ließ es in seinen Hut klimpern.

Papa sah es, sagte jedoch nichts.

Ich fühlte mich gut.

Elena sagte, sie müsse Gaston einholen, und da Papa sowieso zurück nach Hause wollte, setzten sie ihre Unterhaltung auf dem Weg zum Flussüberweg fort. Die Sache mit der Pizza sei völlig lächerlich, ein altes Dauerthema zwischen ihnen, und Gaston stelle auf stur, weil er wüsste, bei ihr einen wunden Punkt zu treffen – die ganze Geschichte wäre jetzt zu lang, sagte sie, aber abgesehen davon wäre das Geld tatsächlich knapp und bald würde sie um Hilfe bitten müssen, um amtliche Hilfe. Mit der Leidensmiene eines Soldaten lehnte Gaston auf der Mitte des Überwegs am Geländer, einen Fuß auf dem Board, und sah den Möwen und den aderngleich aufgeschwollenen Strömungsbahnen des Flusses zu. Elena und mein Vater hatten die gleiche Richtung, und obwohl alles wie ein Zufall erschien, wusste er, dass er an diesem klaren, windigen Novembersonntag nicht von ungefähr neben einer Unbekannten herging.

Beide verspürten den Drang zu erzählen, zu teilen, und so kam ein Wort zum nächsten. Unversehens gestand sie ihm, dass sie ihren Job verloren hatte: Sie war bei einer Kosmetikfirma tätig gewesen, die geschlossen wurde. »Sozialkasse und tschüss, das war's.«

»Ich glaube, ich habe davon gehört.«

»Das bezweifle ich, niemand ist aufgekreuzt. Keine

Zeitung, kein Fernsehen. Wir waren nicht schön oder interessant genug.«

»Dann verwechsele ich das.«

»Manche haben es gewittert und sich rechtzeitig abgeseilt. Die Fachkräfte. Vor allem die Chemiker. Ich war in der Verwaltung, ein kleines Rädchen. Kanonenfutter.«

Während sie redete, begann ein Gedanke im Kopf meines Vaters zu nagen, eine Idee, die ihm gleich nach der Sache mit den Tacos gekommen war und die er geflissentlich überhört hatte – ich kann mir vorstellen, wie bang er dieser Stimme nachgibt, die ihm zuraunt, dass da ein kleiner Junge ist, der endlich einmal etwas anderes essen will als die ewigen Tiefkühl-Tacos, und dort ein fertig gekochtes Mittagessen, das niemand essen würde. Er hatte versucht, den Gedanken wie eine lästige Fliege zu verscheuchen, doch die Fliege war zurückgekehrt, angelockt vom Geruch seiner Haut – seiner Menschlichkeit. Tatsächlich sah ihm das gar nicht ähnlich. Kein bisschen. Kaum zu glauben, dass er schließlich nachgegeben und diesen Vorschlag gemacht hat. Doch weil sein Bedürfnis nach Zuwendung und Wärme an jenem Sonntag wohl ebenso groß war wie das der Frau und des Jungen, schaffte er es, zwei und zwei zusammenzuzählen und sich über das Ergebnis nicht allzu sehr den Kopf zu zerbrechen. Auf dem Weg über die Fußgängerbrücke überwand er seine angeborene Reserviertheit und erzählte Elena, was es zu erzählen gab: von Rachele, die sich den Arm gebrochen hatte, von dem mit Kochen verbrachten Vormittag und alles andere.

Einfach so.

»Wir sollen zu Ihnen zum Mittagessen kommen?«

»Der Vorschlag klingt bestimmt seltsam«, gab mein Vater beklommen zurück.

»Nicht doch … Also, ein bisschen vielleicht schon …«

»Aber hoffentlich nicht allzu unangemessen.«

Elena sagte nichts und fuhr mit dem Finger über das Geländer.

»Ich schwöre, ich habe keine üblen Absichten. Das Schlimmste, was passieren kann, ist, dass ihr meine Kochkünste ertragen müsst, und ich warne euch, ihr wärt die ersten …« Er lächelte. »Ich weiß nicht, ob ich ein guter Koch bin. Ich bin mir sogar ziemlich sicher, dass ich es nicht bin.«

Elena schüttelte den Kopf. »Das ist nicht das Problem.«

»Sicher. Ihr werdet mich bestimmt nicht hassen, weil die Zwiebelfüllung nach nichts schmeckt, aber *mein* Problem ist nun einmal, dass ich dieses ganze Essen gekocht habe. Für fünf. Völlig umsonst.«

Inzwischen waren sie fast bei Gaston, der trotz seiner gespielten Gedankenverlorenheit offenbar einen Teil der Unterhaltung mitbekommen hatte. Denn unvermittelt drehte er sich mit dem Rücken zum Geländer, streckte beide Arme darauf aus, lehnte sich zurück und fragte betont beiläufig, was *genau* denn mein Vater zum

Mittagessen gekocht habe. Elena legte den Kopf schief und stemmte die Hände in die Hüften.

»Gaston!«, wies sie ihn zurecht.

Er blinzelte sie gut gelaunt an.

»Mal sehen … Es gibt gefüllte Zwiebeln. Seirass-Pudding …«

»Was für einen Pudding?«

»Seirass. Das ist ein Käse.«

»Ein Nachtisch aus Käse?«

»Nein, das ist nichts Süßes, es ist herzhaft.«

»Ein salziger Pudding?«

»Es heißt Pudding wegen der Konsistenz. Eigentlich ist es ein *Flan*.«

»Ich glaube, das könnte mir schmecken«, nickte Gaston. »Was noch?«

»Tagliatelle«, fuhr Papa fort und zählte mit den Fingern mit, »Hühnchen in Aspik …«

»Hühnchen in Aspik?« Gaston riss begeistert die Augen auf, die Pupillen rund wie Kirschkerne.

»Und Zuppa inglese.«

»Was ist das?«

»Das ist der Nachtisch, den uns Oma zu Weihnachten gemacht hat«, sagte Elena.

»Der mit der Vanillecreme und dem Alkohol?«

»Also?«, fragte Papa.

Gaston blickte seine Mutter flehentlich an.

Papa sagte, offenbar sei ein Teil der Familie dafür, dies sei sowieso ein seltsamer Sonntag, an manchen Tagen liege etwas in der Luft, vielleicht hätte das mit dem ungewöhnlichen Wind zu tun und – niemand wisse das besser als er – mit solchen Gelegenheiten tue man sich schwer. »Ich will damit sagen, dass es mir auch nicht leichtgefallen ist, euch zu fragen«, gestand er. »Und solltet ihr ablehnen, würde ich das verstehen.«

Mit angespannter Miene und halb geöffneten Lippen musterte Elena ihn lange, bis sich ihre Züge, von einer Entscheidung bestärkt, wieder entspannten. Sie sagte, sie danke ihm herzlich, sie sei von der Geste gerührt, doch sie könne nicht annehmen.

Gaston verdrehte die Augen und stöhnte eine Verwünschung.

Papa versuchte zu insistieren, jedoch sehr zurückhaltend und vor allem, um sich nicht sofort aus der Rolle zu stehlen und nicht den Eindruck zu erwecken, er sei in Wirklichkeit erleichtert.

Sie kennten sich gar nicht, sagte Elena. »Ich will nicht undankbar erscheinen. Versuchen Sie, mich zu verstehen, ich glaube nicht, dass Sie ein Serienmörder sind, der uns in Stücke hacken und in der Tiefkühltruhe verstecken will«, doch es gebe nun einmal zahllose mehr als triftige Gründe, die ihr davon abrieten, die Einladung eines Fremden anzunehmen, der sie zu sich nach Hause einlud.

Er sagte, er verstehe das vollkommen und sei froh, überhaupt gefragt zu haben.

Sie gingen noch ein Stück zusammen, dann verab-

schiedeten sie sich und schlugen unterschiedliche Richtungen ein.
Nach wenigen Metern blieb Papa stehen und wischte mit den flachen Händen über den Stoff seiner Jacke. Er blickte sich um, als hätte er etwas verloren, und entblößte das Handgelenk, um auf die Uhr zu sehen. Er nickte versonnen: Es war gut so, dachte er. Und überhaupt, wieso rief Sonia nicht an, um ihn über Racheles Zustand auf dem Laufenden zu halten? Er holte das Handy hervor. Drückte die Wahltaste. Sonia reagierte nicht. Er versuchte es bei Marco, der ebenfalls nicht antwortete. Er begann, eine Nachricht zu tippen, doch ihm fiel auf, dass ihre Gedankenlosigkeit ihn ärgerte und die Nachricht bissig geriet. Er befand, dass sie seine Anrufe sehen und ihm schon Bescheid geben würden, wenn es etwas Neues gab. Keine Neuigkeiten sind gute Neuigkeiten. Er steckte das Handy in die Jackentasche zurück, ging einen halben Block, blieb abermals stehen, holte es wieder hervor, versicherte sich, dass der Klingelton auf volle Lautstärke gestellt war, steckte es ein und setzte seinen Heimweg fort.
Vor einem Haus stand ein Streifenwagen der Carabinieri. Die Beamten drückten auf eine Klingel an der Gegensprechanlage. Ohne sie anzusehen, ging mein Vater an ihnen vorüber.

An dem Morgen war Mama mit der Sonne auf der Haut erwacht. Dann hatte sie das Haus verlassen, um bei einer alten Freundin zu Mittag zu essen. Ich war unangekündigt nach Hause gekommen: Auf dem Rückweg von einer Spanien-Tournee nach Rom hatte ich beschlossen, ein paar Tage in Turin haltzumachen. Alessandro war früh nach Mailand aufgebrochen, er hatte ein Vorstellungsgespräch, ein Jobangebot, von dem er bereits wusste, dass er es ablehnen würde, doch wie er im Voraus bereits verkündet hatte: Warum sich eine gute Gelegenheit entgehen lassen, Nein zu sagen? Sonia war gerade erst in das Haus mit dem Kakibaum gezogen.

Es war fünf Uhr nachmittags.

Ich trank Minztee und hörte eine Schallplatte, die meinem Großvater gehört hatte, italienische Schlager aus den Fünfzigern, *Il tuo bacio è come un rock, Eri piccola cosí, Biongiorno tristezza*, weil ich nach einem Lied für ein Bühnenstück suchte, das ich dramaturgisch betreuen sollte. Ich saß dort, eingehüllt in den schweren Qualm der zu seiner Zeit gerauchten Zigaretten, den die Musik unwillkürlich heraufbeschwor, und in Worte, die man heute so nicht mehr verwenden würde, als es an der Tür klingelte. Ich ging öffnen. Es war Andrea. Ich begrüßte ihn herzlich, denn ich hatte ihn lange nicht gesehen, und er plapperte sofort drauflos, irgendetwas über einen Kurs für Hundedompteure, bei dem er sich eingeschrieben hätte. Ich warf ein, es heiße wohl eher Hundetrainer, Dompteur klinge nach Küken oder Elefanten, doch er redete unbeirrt weiter. Dann, während wir in der Tür standen und Andrea, der mit dem Fußabstreifer herumspielte, von Hunden zu Eidechsen gewechselt war, manche Eidechsen seien in der Lage, die Hauswände bis zu den höchsten Stockwerken emporzuklettern, klingelte es abermals, diesmal unten an der Haustür.

Ich fragte, wer dort sei. Ein Carabiniere antwortete. Ich solle öffnen. Bitte.

Irgendwann während meiner Studienzeit bekam ich eine seltsame Unterhaltung zwischen meiner Mutter und einem Mann mit, von dem ich wusste, dass er der Ex-Mann einer Freundin von ihr war, einer Kollegin aus Notariatszeiten. Ein paarmal waren sie bei uns zum Abendessen gewesen, dann hatten meine Mutter und sie sich offenbar aus den Augen verloren. Ich wusste nicht, dass die Trennung das Problem gewesen war. Sie war nach Ravenna gezogen und hatte, wie ich später erfuhr, weiterhin lange Telefonate mit Mama geführt, er hingegen war in der alten Wohnung in Turin geblieben. Sie hatten keine Kinder. Anscheinend konnten sie keine bekommen, was einer der Gründe für den Bruch gewesen war; vor allem über die Möglichkeit einer Adoption konnten sie sich nicht einig werden.
Ich war zur Uni aufgebrochen, um mit einem Professor zu reden, der mich jedoch versetzt und sich mit einer an die Tür gehefteten Notiz wegen »unvorhergesehenen Verpflichtungen« entschuldigt hatte: Und der Termin mit mir war keine Verpflichtung? Sei's drum. Gegen elf Uhr vormittags war ich wieder auf dem Heimweg. Weil ich ohnehin unterwegs war, hatte ich im Supermarkt haltgemacht, um Sprudelwasser zu kaufen – dafür war ich zuständig, schließlich war ich diejenige mit dem Sprudelwasser-Tick –, und als ich mit einem

Sechserpack Flaschen unter jedem Arm in die Wohnung gekommen war, hatte ich meine Mutter und diesen Mann angetroffen, die am Küchentisch saßen und redeten. Sie hatten Kaffee getrunken, die Espressotassen standen noch auf dem Tisch, dazu das Milchkännchen und ein kleiner Teller mit Keksen.

»Hey!«, sagte ich und stellte die Flaschen ab.

»Du bist ja schon wieder zurück«, antwortete Mama. »Erinnerst du dich an …«, und sie sagte einen Namen, den ich damals noch im Kopf hatte, heute aber nicht mehr.

»Klar, wie geht's?« Ich ging auf ihn zu und gab ihm die Hand. Er beugte sich wortlos vor und erwiderte den Händedruck.

Mama erkundigte sich nach der Uni.

»Nichts Besonderes«, erwiderte ich. »Dieser Arsch von Marciani war nicht da. Schon wieder nicht.«

Ich wusste, dass Mama gegen diesen Satz, meine Haltung, das Schimpfwort, etwas einzuwenden hatte: etwas über Respekt vielleicht, und über meine Ausdrucksweise, doch stattdessen deutete sie ein Lächeln an, zuckte die Achseln mit einer Ungerührtheit, die gar nicht zu ihr passte, und fragte mich etwas anderes, ich weiß nicht mehr was, dessen Zweck, so schien es mir, allein darin bestand, dem Mann, der in unserer Küche saß, eine Art Komplizenschaft zwischen uns vorzuspielen. Ein seltsamer Nachhall erfüllte den Raum, wie nach einem Umzug, wenn die Wohnung sich nackt zeigt. Ich antwortete einsilbig, und nach einem beklommenen Schweigen erkundigte er sich nach meinem Studienfach. Klassische Philologie, antwortete ich. Schwerpunkt Theater, setzte ich nach, und um zu zeigen, dass er etwas davon verstand, erzählte er mir, er habe vor Kurzem ein Stück gesehen, das ihm *wahnsinnig* gut gefallen habe. Auch an den Namen des Stückes kann ich mich heute nicht mehr erinnern, ich weiß noch, dass es in meinen Augen lächerlicher Mainstream-Schwachsinn war. Um nicht unhöflich zu sein, nickte ich gespielt interessiert und ließ ein paar Floskeln vom Stapel, das sei zwar nicht ganz mein Genre, aber danke für den Tipp, schließlich wollte ich ihm nicht vor den Kopf stoßen, weil ich damit auch Mama vor den Kopf gestoßen hätte. Dann sagte ich, ich würde in mein Zimmer gehen und lernen, und ließ sie allein. Ich machte Musik an. Machte sie wieder aus. Ich hörte sie reden, und hin und wieder wurden ihre Stimmen so leise, dass man meinen konnte, sie seien verstummt, dann verriet ein jähes Auflachen, dass sie nur flüsterten. Mir kam Alessandro auf dem Balkon in den Sinn, und ich musste mich zusammenreißen, um nicht zu lauschen. Hatte sie auch eine Affäre? Gut möglich, dass ich mich nach der Entdeckung der venezolanischen Geliebten gefragt hatte, ob auch meine Mutter irgendeine spezielle Freundschaft pflegte, doch dann hatte ich mir gesagt, nein, wohl eher nicht. Aber in dem Moment wurde mir klar, dass ich vielleicht falschlag.

Vielleicht hatte unsere Mutter neben uns noch ein anderes Leben.
Ich weiß nicht, wie lange sie in der Küche saßen, ich weiß nur noch, dass ich die ganze Zeit über reglos an meinem Schreibtisch saß, das aufgeschlagene Notizheft vor mir, den orangefarbenen Marker in der Hand, ohne ein einziges Wort zu lesen oder eine einzige Zeile zu unterstreichen.
Dann hörte ich ihn sagen: »Ich bitte dich …«
Wie ein Schatten kroch dieses »ich bitte dich« unter den Türen hindurch. Er schob etwas Unverständliches hinterher, das heißt, ich konnte es nicht hören, doch ihre Antwort war klar und deutlich: »Nein.« Es lag nichts Bedrohliches in diesem Wort: Spannung, aber keine Gefahr. Ich rührte mich nicht. Dann schlich ich auf den Flur hinaus und spitzte die Ohren. Ich hörte sie über Meeresfrüchte reden – *Meeresfrüchte?* –, und inzwischen erklang ihre Stimme wieder auf der normallauten, authentischen Frequenz. Jeder Vokal glasklar. Jeder Konsonant ein Büchsenschuss. Sätze wie: In Frankreich hat sich der Zigarettenpreis in den letzten fünfzehn Jahren verdreifacht, und der Konsum hat sich halbiert, und: Keine Ahnung, unsere Freunde fahren nach Sirmione, ganz genau, wie immer, warst du mal dort? Es ist hinreißend.
Als ich das Scharren der zurückgeschobenen Stühle hörte, das Geräusch ihrer Schritte, wartete ich noch einen Augenblick und ging dann zu ihnen in die Diele:

Er zog sich gerade die Jacke an, während Mama mit verschränkten Armen an der Kammertür lehnte, ihm zusah und dabei tunlichst vermied, seinem Blick zu begegnen. Als sie mich kommen sah, lächelte sie mir liebevoll zu, öffnete die Tür und sagte: »Nett, dass du vorbeigekommen bist.«

»Keine Ursache.«

»Und gib mir Bescheid.«

»Ja.« Und an mich gewandt: »Es war schön, dich wiederzusehen. Lass dich von diesen nichtsnutzigen Profs nicht fertigmachen.«

»Die sind nicht alle nichtsnutzig«, sagte Mama.

»Marciani auf jeden Fall«, sagte ich.

»Wie auch immer«, sie machte eine flatternde Handbewegung. »Mach's gut …«, sagte sie noch einmal zu dem Mann.

Er nickte ein letztes Mal und verließ die Wohnung, doch als er wartend vor dem Fahrstuhl stand, fuhr er sich mit den Fingern durchs Haar, drehte sich um und öffnete den Mund, als wollte er noch etwas sagen. In seinen Augen stand eine Frage. Sie rührte keinen Muskel, und just in dem Moment, als der Fahrstuhl auftauchte, drückte sie die Tür mit unendlicher Langsamkeit sacht ins Schloss. Ohne sein Verschwinden abzuwarten.

Manchmal, wenn ich von Bäumen genug habe und die Nähe von Männern und Frauen suche, kehre ich in Gedanken zu meiner Mutter und ihrer Unbeschwertheit zurück. Was nicht heißt, dass sie es nicht mit Orkanen oder langen Dürreperioden aufnehmen musste, aber sie war fest in der Erde verwurzelt, und dieser Halt war ihr ebenso bewusst wie die Notwendigkeit, ihn zu bewahren.

Sie und mein Vater – das habe ich erst Jahre später begriffen, vor allem dank Jawad und seinem andersartigen Blick auf Herzensbindungen und Familie, der ihm als Kind vieler Kulturen gegeben ist – hatten ein Gleichgewicht gefunden. Ich glaube nicht, dass es eine Abmachung war, etwas *Ausgesprochenes*, sondern etwas Archaischeres, *Gelebtes,* Instinktives. Gesten. Eine Art wechselseitiges Vertrauen in die Tatsache, dass sie eine gewisse Grenze nicht überschreiten würden.

So ist es wohl gewesen.

Doch wie gesagt: Es fiel mir nicht leicht, das zu begreifen. Wenn ich denn überhaupt etwas begriffen habe.

Mein Vater beschloss, dass er am nächsten Morgen nach Biella fahren und Rachele besuchen würde – wieso riefen sie nicht an? – und dass er, sobald die Werkstatt aufmachte – um wie viel Uhr öffnete sie? –, das Auto abholen und es, sollte es noch nicht fertig sein, dennoch mitnehmen und an einem späteren Tag zurückbringen würde. Wenn das nicht möglich wäre, würde er um einen Leihwagen bitten – ob sie einen hatten? Das ging ihm gerade durch den Kopf, als er seinen Namen hörte. Er drehte sich um. Elena und Gaston kamen auf ihn zu. Gaston ließ das Skateboard aufs Pflaster fallen, sprang auf, und kurz bevor er ihn über den Haufen fuhr und ihm die Beine abrasierte, schleifte er das Tail hart über den Boden und kam mit einem Bremsschwung zum Stehen. »Wir haben es uns anders überlegt«, verkündete er grinsend.

Papa wusste nichts anderes zu erwidern als: »Oh!« Damit hatte er nicht gerechnet.

Als Elena sie eingeholt hatte, blickte er sie abwartend an, aber offensichtlich wusste sie nicht, was sie sagen sollte. Zweimal öffnete sie den Mund und klappte ihn wieder zu. Man spürte, dass sie von dem, was sie tat, noch immer nicht überzeugt war, doch schließlich bedankte sie sich für das Angebot, sagte, sie sei sich schäbig und unhöflich vorgekommen, seine Absichten an-

zuzweifeln, und da das Essen nun schon einmal fertig sei, würden sie und Gaston die Einladung gern annehmen und ihm Gesellschaft leisten. Dann öffnete sie abermals den Mund und schloss ihn wieder. Papa sagte, wenn sie so weitermachte, würde sie sich noch in einen Fisch verwandeln, wie bei einer Scharade. Elena lächelte verlegen.
»Hier entlang«, sagte er mit einer auffordernden Armbewegung.
Schweigend legten sie einen Häuserblock zurück. Gaston war rund zehn Meter voraus, aufrecht und anmutig stand er auf seinem Skateboard. Weil ihr die Stille unangenehm war, überlegte Elena, womit sie sie füllen könnte. »Und wo haben sie sie hingebracht?«
»Wen?«
»Ihre Enkelin. In welches Krankenhaus?«
»Nach Biella. Sie wohnen dort in der Nähe.«
»Ich frage nur, weil wir auch unsere Erfahrungen mit Krankenhäusern haben. Gaston hat sich das rechte und das linke Handgelenk gebrochen, und die Schulter hat er sich auch ausgekugelt.«
»Alles gleichzeitig?«
»Zuerst das eine Handgelenk. Dann die Schulter und das andere Handgelenk zusammen.«
»Mit dem Skateboard?«
»Das erste Mal. Das Handgelenk. Die Schulter beim Fußball. Im Eifer des Gefechts ist er gegen eine Mauer geknallt.«

»Gegen eine Mauer?«

»So ist es.«

»In diesem Alter sind Kinder unglaublich. Man wundert sich, dass sie es lebend überstehen.« Papa hustete, zog sein Taschentuch hervor und wischte sich über die Lippen. Mit dem Alter hatte er eine vermehrte Speichelbildung bei sich festgestellt, und wenn er etwas verabscheute, dann waren es Menschen mit feuchten Lippen, weshalb er sich angewöhnt hatte, stets ein Taschentuch bei sich zu tragen, eines aus Stoff, obwohl er bis dahin nie eines besessen hatte. Er musste an etwas denken, das ihm kürzlich durch den Kopf gegangen war, als er einen dieser zur Mittagszeit ausgestrahlten herzerweichenden Fernsehappelle gesehen hatte: unterernährte Neugeborene, kleine Mädchen, die ihr Augenlicht verlieren oder eine Hasenscharte haben. Er sagte: »Wenn man klein ist, geht man mit Leid anders um.«

»Meinen Sie?«

»Die Erwachsenen sind sich des Leidens bewusster und wissen, dass es vielleicht kein Heilmittel gibt. Kinder haben ihr magisches Denken, auf das sie sich verlassen können.«

»Ich würde eher das Gegenteil vermuten. Dass es den Schmerz lindert und erträglicher macht, wenn man ihn rational erfassen kann. Beim Zahnarzt zum Beispiel. Als Kind leidet man Qualen, wenn man den Bohrer nur hört …«

»Nicht nur als Kind, würde ich behaupten.«
»Dann denken Sie an Spritzen und Injektionen.«
»Ich verstehe schon, aber diese Art des Leidens meine ich nicht. Ich meine Krankheiten. Ich meine die Angst vor dem Tod.«
Ein Motorrad jaulte vorbei.
»Da fällt mir etwas ein«, sagte Elena. »Letztes Jahr musste meine Mutter ins Krankenhaus ... Es schien etwas Ernstes zu sein, doch zum Glück war es nur eine Lappalie. Ich ging sie besuchen. Setzte mich an ihr Bett. Hielt ihre Hand. Sie brauchte mich. Ich spürte, dass sie meinen Zuspruch erwartete. Als Gaston wegen der Schulter in der Klinik bleiben musste, blieb ich auch die ganze Zeit bei ihm sitzen. Es hieß, er müsse operiert werden. Ich habe auch seine Hand gehalten, aber ... da kam ich mir wie die Bedürftige vor. Ich musste getröstet werden. Ihn leidend und unglücklich in diesem Krankenhausbett liegen zu sehen, in dem er sich kaum rühren konnte, war unerträglich. Trotzdem war er derjenige, der mich beschwichtigte. Meine Mutter schaute mich an nach dem Motto, sag mir, dass alles gut wird. Gaston sah mich an, als wollte er sagen, keine Sorge, alles halb so schlimm.«
Die Sonne blinzelte durch die Blätter und blendete Papa; er schloss die Augen und spürte den Wind im Gesicht.
»Haben Sie nur eine Tochter?«
»Nein. Zwei Mädchen und einen Jungen.«

»Freuen Sie sich, Großvater zu sein?«
»Sehr. Ich würde die Mädchen gern öfter sehen. Ich wünschte, sie würden hier wohnen.«
»Was hat sie nach Biella verschlagen?«
»Nicht direkt nach Biella. Ein bisschen außerhalb, aufs Land. Und die Antwort lautet, ich weiß es nicht. Hoffentlich wissen sie es wenigstens. Sie sind einer Art Ruf gefolgt, wenn man so will. Sie hatten schon immer diesen Tick vom Land, vom Leben fernab der Stadt.«
»Olivier und ich haben auch ein paarmal darüber nachgedacht, vor allem, als wir Gaston bekommen hatten.« Sie lachte. »Ich weiß gar nicht mehr, wie mein Leben ohne Gaston gewesen ist.«
Papa dachte, dass er sich nur zu gut daran erinnerte, wie das Leben mit einer Wohnung voller Kinder und einer Frau gewesen war, die ihn bei der Rückkehr von seinen Reisen erwartete. Sein Magen zog sich zusammen. »Genießen Sie es. Eines Tages wird es Ihnen entsetzlich fehlen.«
»Wer weiß, wie er sich an mich erinnern wird.«
»Wer kann das schon sagen?«
»Manchmal …«, Elena schob die Finger in den Pulloverkragen und kratzte sich am Hals.
»Manchmal?«
»Fühle ich mich so unfähig.«
»Willkommen im Klub.«
»Sie auch?«
»Welche Eltern fühlen sich nicht unfähig?«

»Ich habe ständig den Eindruck, ich verpasse was.«
»Meine Tochter Giulia und ich reden seit Monaten nicht miteinander. So viel dazu.«
Elena blickte ihn unverwandt an. »Weshalb?«
Papa antwortete nicht, zumindest hat er mir später gesagt, er habe nicht gewusst, was er antworten sollte. Er murmelte etwas Unverständliches, das obendrein von einem weiteren Motorrad übertönt wurde, dessen Auspuff knatterte, als steckten Knallfrösche darin. Er hatte keine Lust, über uns beide zu sprechen. Er wartete, bis der Motorradlärm verklungen war, und wechselte das Thema: Er kam aufs Arbeiten zu sprechen.
»Genau, die Arbeit ist auch so etwas«, sagte Elena. »Was mich angeht, ich habe nie viel zum Leben gebraucht. Aber wenn ich Gaston etwas abschlagen muss, weil für dieses oder jenes das Geld fehlt …«
»Ein guter Grund, sich anzustrengen.«
»Wie meinen Sie das?«
»Tun Sie's für ihn.«
»Was?«
»Irgendwas. Ganz egal. Erfinden Sie sich neu. Sie sind noch jung.«
»Mich neu erfinden?«
»Lassen Sie Ihre Fantasie spielen …«
»Fantasie!«
»Gucken Sie nicht so. Das ist kein Witz.«
»Mag ja sein, aber wenn man die dreißig überschritten hat, gehört man längst zum alten Eisen.«

»Wie bitte? Sie können von vorn anfangen, sich weiterbilden. Dinge tun, die Sie niemals für möglich gehalten hätten.«

»Man studiert, wenn man jung ist. Neunundzwanzig«, konstatierte Elena. »Die Schwelle liegt bei neunundzwanzig Jahren. Danach ändert sich alles. Keine Lehren oder Praktika oder sonst was mehr.«

»Das sagt der Amtsschimmel.«

»Das sagt der Markt.«

»Dann hören Sie nicht auf ihn.«

»Wenn es so einfach wäre.«

»Ich meine es ernst. Es sei denn, Sie machen es sich leicht und geben ihm recht.«

»Wem?«

»Dem Markt.«

Elena ging noch ein paar Schritte, jedoch wie angeschossen, als würde sie gleich zusammenbrechen. Ein gequälter Ausdruck trat in ihren Blick. »Was wollen Sie damit sagen?«

»Ich will damit sagen …«

»Unterstellen Sie mir etwa, ich mache einen auf Opfer?«

Papa fuhr sich mit der Hand über die Stirn. »Nein, entschuldigen Sie bitte. Das war nur so ein allgemeiner Gedanke.«

»Aber das haben Sie gemeint.«

»Ich habe nur … laut gedacht. Das war reine Spekulation.«

»Und was wollten Sie damit sagen?«

»Ich wollte damit sagen, dass es passieren kann, nicht unbedingt Ihnen, aber es kann vorkommen, dass einer nicht die Kraft hat, sich richtig reinzuhängen, und sich deshalb herausredet.«

»Ich bin nicht der Typ für die Opferrolle.« Elena deutete sich auf die Brust.

»Das bezweifle ich nicht.«

Sie gingen weiter. »Aber es stimmt schon, dass ich mich hin und wieder alt fühle.«

»Alt?«

»Nicht lachen, okay? Da ist überhaupt nicht lustig.«

»Na schön, aber wenn Sie alt sind, was soll ich dann sagen?«

»Sie brauchen schon mal keinen Job, nehme ich an. Sie haben bestimmt Ihre Rente. Und außerdem hat es nichts mit dem tatsächlichen Alter zu tun. Es ist etwas hier«, sie tippte sich gegen die Schläfe.

»Schauen Sie, selbst wenn es so wäre, was ich nicht glaube: Es stimmt nicht, dass man ab einem gewissen Alter nicht mehr rege genug ist, um zu lernen. Man lernt anders, mehr nicht. Bewusster. Selektiver.«

»Meinen Sie?«

»Davon bin ich überzeugt. Es kommt nur darauf an, wie man sein Gehirn benutzt. Wie man es stimuliert. Ich weigere mich zu glauben, dass das Leben eine schleichende Verblödung ist …« Er warf ihr einen komplizenhaften Blick zu und zog eine Augenbraue hoch. »Nehmen Sie Michelangelo. Der hat bis ins hohe Alter einzigartige Werke geschaffen. Oder Bauman. Ein genialer Kopf bis zum Schluss. Oder warten Sie, dieser französische Chemiker … mein Sohn hat mir von ihm erzählt. Michel-Eugène Chevreul. Als junger Mann beschäftigt er sich mit Fettsäuren und erfindet die Margarine, mit fünfzig entwickelt er einen Farbkreis, um Farbabstufungen zu klassifizieren, womit er irgendeine Kunstströmung beeinflusst, und mit neunzig fängt er an, die Alterung des menschlichen Körpers zu studieren, und wird zum Vorreiter der Altersheilkunde.«

»Spüren Sie das Alter denn nicht?«

»Es gibt schlechtere und bessere Tage.«

»Die Zeit ist ein Monster.«

»Und Altwerden ist nichts für Weicheier. Ich glaube, das ist von Bette Davis.«

»Von wem?«

»Bette Davis. Die Schauspielerin. Großartige Frau.«

»Im Parco Dora, wo ich Gaston manchmal hinbegleite, weil er dort auch gern skatet, steht an einer Mauer dieses Graffiti: Ein Mensch ist erst alt, wenn seine Wehmut größer ist als seine Träume. Das klingt hübsch, und trotzdem muss man einsehen, dass man manche Träume nicht verwirklichen kann.«

»Vielleicht, weil sie unerreichbar sind. Das sage ich als Realist und nicht als Zyniker.«

»Ich sehe da keinen Unterschied.«

»Ich meine … es gibt Ziele, die wir erreichen können,

solche, die wir erreichen könnten, wenn die Welt sich nicht querstellte, und solche, die schlicht unerreichbar sind. Der zweite Fall ist wohl am bittersten … Ich nenne Ihnen ein Beispiel. Marco van Basten. Holländischer Fußballer, einer der besten Stürmer, die es je gab. Er hat Mordstalent, aber auch ein Problem mit dem Knöchel. Also unterzieht er sich mehreren Eingriffen, und vielleicht behandeln sie ihn falsch oder sonst was, jedenfalls ist er mit dreißig Jahren gezwungen, den Fußball an den Nagel zu hängen. Ich habe mich immer gefragt, wie er sich gefühlt hat. Jedenfalls hat sich bei ihm die Welt quergestellt, ohne dass er etwas dagegen hätte unternehmen können. Ich habe van Basten vergöttert …« Er deutete nach vorn. »Sie sollten Gaston sagen, dass er anhalten soll. Das ist meine Haustür.«

Einmal habe ich meinen Vater gefragt, ob er glücklich sei. Ich ging aufs Gymnasium und hatte das Märchen von Adrokles und dem Löwen gelesen, in dem es heißt, schlechte Menschen gebe es nicht, nur das Unglück mache sie dazu, und um sie zu läutern, müsse man den Ursprung ihrer Qual erkennen wie Adrokles, der dem Löwen den Dorn aus der Pranke zieht. Das war, ehe Ale ihn von seiner venezolanischen Geliebten reden hörte, ich hatte ihn also nicht deshalb gefragt. Doch irgendetwas war da … Es hatte nicht nur damit zu tun, dass er häufig fort war, um in irgendeinem Winkel der Erde Brücken zu bauen. Nein. Da war eine andere Art von Abwesenheit. Manchmal wirkte er, als wäre sein Interesse für uns – wie soll ich es ausdrücken? – rein vertraglich: als hätte jemand ihm die Gebrauchsanweisung vorgelesen und er versuchte sie zu befolgen. Im Theater erkennt man mitunter den Menschen hinter der Maske.

Als ich ihn also danach fragte, als ich ihn fragte, ob er glücklich sei, saß er an seinem Schreibtisch, reparierte eine Nachttischlampe, antwortete Ja und zog dabei eine winzige Schraube fest, die einen dünnen Kupferdraht fixieren sollte. »Klar bin ich glücklich. Wieso fragst du?« Ich ließ nicht locker und fragte, was Glück für ihn sei. Er drehte weiter an der Schraube, bis der

Draht endlich festsaß. Prüfend ruckelte er daran, doch der Draht rührte sich nicht. Er legte den Schraubenzieher aus der Hand und musterte mich eingehend. »In dem, was ich gern tue, gut zu sein, beispielsweise«, sagte er. Ich weiß noch, wie ich für einen kurzen Moment die nächste Frage auf der Zunge lasten spürte, die logischerweise hätte folgen müssen: Und was tust du gern? Ich hörte sie fiepen wie eine Maus, die aus ihrem Loch hervorkriecht. Doch ich schluckte sie hinunter.

Sonia, Giulia und Alessandro.

Zuerst kam Sonia. Schon im Kindergarten fing sie an, sich für die Ungerechtigkeiten der Welt zu erwärmen. Mit zwölf befreite sie im ligurischen Andora eine Languste aus einem Restaurantaquarium, weil sie fand, sie würde sich in ihrem Panzer umherschleppen wie ein sterbender Ritter. Sonia, die sieben Jahre lang Veganerin gewesen ist und wieder angefangen hatte, Eier und Käse zu essen, bei besonderen Anlässen sogar Fleisch, seit sie mit Greta schwanger war. Sonia, die sich exotisch kleidet; mit ihrem literarischen, theatralischen Namen, der Ende des neunzehnten Jahrhunderts aus Russland kam – Sonja. Wie in *Schuld und Sühne* und *Onkel Wanja*. Sonia, die sich in der Uni Buttons von Hilfsorganisationen und Amnesty International an die Hutkrempe und auf die Tasche pinnte. Die sich vor Spinnen fürchtete. Die noch heute ein Foto von Che Guevara an einer Klammer in der Küche hängen hat, dasselbe, das vor zwanzig Jahren neben ihrem Schreibtisch stand: Es zeigt ihn im Jahr '47 liegend auf dem Balkon des Hauses in der Calle Aráoz in Buenos Aires, weißes Hemd und lange Wollhosen, die Hände hinter dem Kopf verschränkt, den Blick über den Bildrand hinaus in den Himmel gerichtet. Sonia, die Marco bei einem Erntefest in den Langhe kennengelernt hat. Die gern mit den Jungs Fußball spielte und nie darüber nachgedacht hat, dass die Beziehung zwischen unserem Vater und unserer Mutter auch uns betraf.

Über die venezolanische Geliebte habe ich mit ihr nur ein einziges Mal geredet. Von wegen geredet! Sagen wir, sie war so geduldig, meinen Monolog über sich ergehen zu lassen. Während ich auf sie einredete, verfasste sie Briefe auf Englisch an Inhaftierte ich weiß nicht mehr welcher Nation, und beim Schreiben sah sie zwischendurch auf und blickte mich an, als würde sie durch ein regengepeitschtes Fenster in den düsteren Himmel spähen: bang, aber im Trocknen. Was konnten wir schon tun? Hatten wir etwa ein Wörtchen mitzureden? Haben Kinder, zumal wenn sie erwachsen, sexuell aktiv und emotional anderweitig involviert sind, das Recht, über das Gefühls- und Sexleben ihrer Eltern zu urteilen? Waren das nicht, meinte sie und hob den Kopf, *deren Angelegenheiten*? Ich erwiderte, offenkundig würde sie unsere Mutter nicht so sehr lieben wie ich. Ohne von ihren Häftlingsbriefen abzulassen, schoss sie zurück, ich klinge so, als hätte Papa mich betrogen. Ich brüllte, sie solle keinen Scheiß reden. Dann stürmte ich aus dem Zimmer, drehte mich in der Tür noch einmal um und sagte eisig, Papa hätte uns beide betrogen. Die Sache sei komplizierter, viel komplizierter, konterte Sonia, ohne vom Blatt aufzusehen. Wir redeten wochenlang nicht miteinander.

Zuerst also Sonia, die bei der Beerdigung unserer Mutter Verse von Walt Whitman vorgetragen hat:

Motte und Fischlaich sind an ihrem Platz,
Die glänzenden Sonnen, die ich sehe, und die finsteren Sonnen, die ich nicht sehe, sind an ihrem Platz,
Das Tastbare ist an seinem Platz und das Untastbare an dem seinen.

Dies sind in Wahrheit die Gedanken aller Menschen in allen Zeitaltern und Ländern, sie sind ureigentlich nicht von mir;
Sind sie die deinen nicht ebensosehr wie die meinen, so sind sie nichts oder so gut wie nichts;
Sind sie das Rätsel nicht und nicht des Rätsels Lösung, so sind sie nichts;
Sind sie nicht ebensosehr nah wie fern, so sind sie nichts.

Dann kam ich. Ich, die die Geistlichen um ihren inneren Frieden beneidete, stundenlang im Wald spazieren ging und eines späten Winternachmittags, weil ich mich verlaufen hatte, eine Frau um Hilfe bitten musste, die einen Platten hatte. Ich, die eines Abends an der Straßenbahnhaltestelle beobachtete, wie sich eine Dame mit weißem Haar und von Runzeln durchfurchtem Gesicht, das von einem gelebten Leben zeugte, zu einem kleinen Jungen hinunterbeugte, der einen in die Pfütze gefallenen Knopf mit der Schuhspitze antippte, und zu ihm sagte: »Wirst sehen, heute Abend machen wir beide es uns so richtig nett«, und diese Szene erschien mir so voller Schönheit, dass ich sie in einem Theaterstück eingebaut habe. Ich, die ich mich gern mit Worthäufungen beschreibe: Faden Strick Kordel Knoten Ausschuss Identität Schwimmen Baum und Wurzel, und Kontemplation, und Schwarzbrot, und Blaubeermarmelade; und dann Vergebung – Schwierigkeit? – und Körper und Geste und Bühne und Entfremdung und Maske und *Scheiße!* Und Szenenapplaus und Eingangs- und Vorhang- und Schlussapplaus; und dann Mutter und Vater und Bruder und Schwester und.

Schließlich Alessandro. Bei ihm könnte ich mich an einer Biografie in Gegenständen versuchen: aufgehäuft zu einem riesigen Stapel Sinn auf der Bühne. Pressluftflaschen, ein Taucheranzug, ein Druckmesser, ein Schnorchel und ein Karabiner. Auf einem Stuhl ein Campingkocher, unter einem Tischchen eine Lampe, an die Rückenstütze des Stuhls gelehnt ein Klappspaten. In einer Obstkiste Verbandsmull, ein Antiseptikum und ein Pflaster, eine Doppelfiltermaske: ein Ventil zum Einatmen, eines zum Ausatmen. Auf dem Boden eine Schlagbohrmaschine mit Bohrstütze, angestrahlt von einem Verfolger. Unweit daneben ein Luftverdichter. Müsste ich mir eine Off-Stimme vorstellen, würde ich die französischen Legenden von den

Heinzelmännchen nehmen – *les petits nains de la montagne la nuit font toute la besogne pendant que dorment le bergers* – wenn die Hirten schlafen, tun die kleinen Zwerge aus den Bergen alle Arbeit. Alessandro, der als kleiner Junge frühmorgens in mein Bett schlüpfte und mich bat, ihm die Hände zu wärmen. Bei ihm genügte immer ein Lächeln. Und was braucht es auch mehr?

Sie betraten den Hauseingang, in dem ein durchdringender Geruch nach Ragù und Zwiebeln hing. Köstlich. Gaston schnupperte gierig.
»Falls ihr euch fragt, nein, das ist nicht von mir«, sagte Papa. »Tut mir leid.«
Sie nahmen den Aufzug in den dritten Stock. Gaston betrachtete sich im Spiegel, nahm die Mütze ab, schüttelte sich das Haar zurecht und fuhr mit gespreizten Fingern hindurch. Kaum waren sie ausgestiegen, wurde auf dem Treppenabsatz eine Tür aufgerissen, als läge dahinter die Pförtnerloge.
»Ciao! Ciao! Ciao!«, rief Andrea und trat auf sie zu. Das lange Haar verdeckte die Augen, der rote Adidas-Trainingsanzug hing schlaff an ihm herab. »Und wer sind die? Wer sind die?«, fragte er und pochte sich mit einem Finger gegen die Schläfe.
»Das ist Andrea«, sagte Papa. »Der Sohn von Maria, meiner Nachbarin.« Und an den Jungen gewandt: »Das sind Freunde.«
»Wie heißen die?«
Elena stellte sich vor und machte Gaston ein aufforderndes Zeichen.
»Elena und Gaston. Der geniale Gaston mit dem Gastophon.«
Gaston blickte seine Mutter verständnislos an. Mein

Vater erklärte, dass er die Figur aus dem französischen Comic meinte. »Andrea ist ein begeisterter Comicleser. Stimmt's, Andrea?«

»Gaston ist genial, o ja. Er weiß es. Er weiß, wer die Leute hochnimmt.«

»Was?«, fragte Gaston.

»Ich glaube, das ist eine Rätselfrage. Seit heute Morgen geht das so.«

»Ja, ja, ja. Er nimmt die Leute hoch.«

Papa sagte, sie würden darüber nachdenken, wer die Leute hochnehme, und sollte es ihnen einfallen, ließen sie es ihn wissen. Er steckte den Schlüssel ins Schloss und forderte Elena zum Eintreten auf. Als sie alle drei in der Diele standen, rieselte die Stille der Wohnung wie Gips auf sie nieder. Etwas leicht Stockiges lag in der Luft, vermischt mit undefinierbarem Essensgeruch. Papa forderte sie auf, die Jacken abzulegen, und deutete auf die Garderobe. Gaston lehnte das Board an die Wand. Die Wohnung war weder unordentlich noch dreckig. Alle vierzehn Tage kam eine Frau, dieselbe wie seit zehn Jahren, und erledigte die großen Arbeiten wie Fensterputzen oder Gardinen waschen, um verschüttete Wein oder verstreute Kekskrümel kümmerte Papa sich immer gleich selbst. Er musterte diese beiden Unbekannten, die Wände und Möbel der Wohnung in Augenschein nahmen, die sein Zuhause, unser Zuhause, das Zuhause unserer Familie war, eine Frau und ein kleiner Junge, die nichts mit ihm zu tun hatten, und mit ei-

nem Mal fühlte er sich verloren. Er wusste nicht mehr, wie er sich verhalten sollte. Was hatte ihn bloß geritten?
»Kommt«, murmelte er. »Braucht ihr, ich weiß nicht, möchtet ihr das Bad benutzen?«
Gaston nickte, und Papa deutete auf die Tür am Ende des Flurs.
»Ein Glas Wein?«, fragte er Elena.
»Gern, danke. Sie haben eine sehr schöne Wohnung.«
Sie gingen in die Küche. Auf dem Bord standen die Weinkelche und Gläser, er überlegte, welche passender wären, und entschied sich für die Gläser. Die Weinkelche waren zu viel des Guten. Er öffnete den Kühlschrank, nahm eine Flasche Arneis heraus, die er für den Schwiegersohn kalt gestellt hatte, und schenkte zwei Gläser ein.
Elena prostete ihm zu. »Danke«, sagte sie. »Heute Morgen beim Aufwachen hatte ich den Kopf voller Schatten. Alle haben Sie nicht verjagt, aber ein paar schon. Danke dafür, wirklich.«
»Auf dass sich der Arneis um die restlichen kümmert.«
Elena lachte mit vorgehaltener Hand. Genau wie meine Mutter. Als ihm das auffiel, fuhr es ihm heiß in den Magen. Beim Trinken musterte er sie über den Glasrand hinweg und stellte fest, dass sie neben dem Auge eine Narbe hatte, dazu dichte, gepflegte Brauen, die sich über den Lidern wölbten und ihrem Blick etwas Untergründiges gaben. An der Küchenpinnwand hing ein Foto von uns fünf in Paris während einer Sommer-

reise vor rund zehn Jahren; im Hintergrund war das Institut du monde arabe zu sehen.

Elena trat an das Foto heran und betrachtete es schweigend. »Ihre Familie?«

»Genau.«

»Ihre Frau?«

»Lebt nicht mehr.«

»Das tut mir leid.«

Papa nickte und wusste nicht, was er sagen sollte.

Das Handy klingelte. Er hatte es in der Jackentasche gelassen. Er ging in die Diele, um es zu holen. Es war Sonia. »Endlich«, rief er. »Und?«

Sonia antwortete etwas, das er nicht verstand.

»Ich höre dich ganz schlecht.«

Er stellte sich vor, wie sie zu einem Fenster ging oder in einen Hof. »Papa?«

»Ah, jetzt höre ich dich … Schieß los.«

»Ja, also, sie machen ein CT.«

»Ein CT?«

»Sie hat angefangen, über Kopfschmerzen zu klagen, und meinte, ihr sei schlecht.«

»Hat sie sich übergeben?«

»Nein.«

»Und was heißt das?«, fragte Papa mit gepresster Stimme, die nicht die seine war.

»Das heißt, sie hat vielleicht eine Gehirnerschütterung.«

Er schwieg. Die zarte Haut unter dem Auge zuckte.

»Aber vielleicht auch nicht … also, wir wissen es nicht«, fuhr Sonia fort. »Deshalb machen sie ein CT.«
»Du hast gar nicht erzählt, dass sie mit dem Kopf aufgeschlagen ist.« Seine Stimme schoss noch gepresster hervor, wie ein feiner Wasserstrahl.
»Papa, sie ist vom Baum gefallen. Gut möglich, dass sie auch mit dem Kopf aufgeschlagen ist. Schulter, Ellenbogen, Becken. Sie kann mit wer weiß was aufgeschlagen sein. Sie sagt, sie erinnert sich nicht, weil der Arm am meisten wehgetan hat.«
»Du lieber Himmel …«
»Jetzt warten wir ab, was die Ärzte sagen.«
»Wirkte sie verwirrt?«
»Bei einem gebrochenen Arm ist das schwer zu sagen.«
»Nicht auszudenken …«
»Hör mal, ich gehe jetzt zurück, ich rufe dich an, sobald wir was Genaues wissen, in Ordnung?«
»Warte. Hat Alessandro dich angerufen?«
»Ja, hat er. Mit Giulia habe ich auch gesprochen.«
Alessandro hatte mir Bescheid gegeben. Er hatte mir eine SMS geschickt, als ich mich gerade in einem Hotelzimmer mit Blick auf die Basilica Palladiana in Vicenza befand. Sofort hatte ich Sonia angerufen. Sie suchten einen Parkplatz. Sie würde mich so bald wie möglich zurückrufen, was sie auch getan hatte, als Marco mit Rachele in der Radiologie war. Sie war bei Greta geblieben. Aus den Automaten im Flur hatte sie ihr einen heißen Tee geholt.

Ich vergöttere Greta und Rachele. Damals hatten Jawad und ich noch keine Kinder, und nichts, was mir bis dahin untergekommen war, weder die Theaterstücke, die ich schrieb, noch die Inszenierungen, die die Theater eroberten und im Leben der Menschen Einzug hielten, kam der Zukunft näher als diese beiden Mädchen. Nichts konnte mich so sehr beruhigen wie ihre Liebe. Ich nutzte jede Gelegenheit, um mit ihnen zusammen zu sein. Ich, die überall Geschichten sah (und sieht). Ich, die die Welt nur erzählerisch erfassen kann: Beziehungen und Dialoge, Begegnungen und ihre Folgen, Wandlungen und Wechselwirkungen. Menschen, die heimkehren, und Menschen, die beschließen, für immer zu verschwinden. Menschen, die stumm bei Tisch bedienen oder das Präzisionsgewehr anlegen und auf die Hinterköpfe der auf dem Marktplatz versammelten Bauern zielen. Menschen, die Teenagermode in Südkorea erforschen, und Menschen, die zur Physiotherapie verdammt sind, um wieder Laufen zu lernen. Menschen, die bei einer Kajaktour auf dem Sambesi von Nilpferden gefressen werden oder Tag für Tag in die Fabrik gehen, um hölzerne Einweg-Essstäbchen für die Gastronomie herzustellen.
In all dem gab es Greta und Rachele.
Neben all dem gab es Greta und Rachele.
Der Weiher am Ende des Weges. Die Lichtung inmitten des Waldes.
Ich hatte am Hotelfenster gestanden und mit Sonia ge-

sprochen. Menschen schlenderten vorbei, und ich war starr vor Entsetzen. Sonia hatte mich beruhigt, doch ich kannte sie gut genug, um ihre Angst zu wittern, vielleicht zum ersten Mal überhaupt. CT. Computertomografie. Mögliches Schädel-Hirn-Trauma. Ich sage dir Bescheid. Ich rufe dich wieder an.

»Ich bin da.«

Mein Vater kehrte in die Küche zurück.
»Schlechte Neuigkeiten?«
»Sie machen ein CT. Gut möglich, dass meine Enkelin mit dem Kopf aufgeschlagen ist.«
»Oh!«
»Und es gibt nichts, was ich tun kann.«
»Hören Sie, wenn Sie hinfahren müssen, dann fahren Sie. Vergessen Sie das Mittagessen.«
»Wie soll ich das anstellen? Ich habe gar kein Auto. Es ist in der Werkstatt. Es ist Sonntag. Ich könnte eines mieten, aber bis ich eines gefunden habe und bei ihnen bin …« Seine moosfarbenen Augen schauten Elena nicht an, sie durchdrangen die Fensterscheibe und bohrten sich durch die Collina bis wer weiß wohin. Dann sagte er: »Biella«, und schnaubte.
In dem Moment kam Gaston in die Küche. Er hatte sich die Hände gewaschen und die Ärmel seines Sweatshirts bis zu den Ellenbogen hochgeschoben. »Eine Frage«, sagte er mit katzenhaftem Grinsen, »ich hab gerade ins andere Zimmer gelinst.« Er deutete mit dem Finger nach nebenan. »Worauf warten wir eigentlich?«
Seine Mutter starrte ihn entgeistert an. »Also weißt du, manchmal bringst du es fertig, dass ich mich so für dich schäme, wie nur du es fertigbringst.«

»Was habe ich gemacht?«

»Er hat recht. Wir alle haben Hunger«, sagte Papa. »Selbst ich kann jetzt an etwas zu Essen denken. Geht schon mal nach nebenan. Ich setze noch das Wasser für die Tagliatelle auf.«

Das tat er. Elena und Gaston erwarteten ihn im Stehen, und als er zu ihnen stieß, setzten sie sich und fingen an zu essen. Er sagte, sie sollten sich einfach bedienen. Das Essen füllte die Stille und linderte die Befangenheit der unverhofften Gesellschaft. Aus Sorge um Rachele konnte mein Vater nur langsam kauen und sich nicht auf die Unterhaltung konzentrieren, doch hin und wieder sah er zu Elena hinüber: Im Grunde war er froh, dass sie und ihr Sohn da waren, ihn ablenkten und zwangen, an etwas anderes zu denken; je mehr Zeit verging, desto mehr sah er in Elena etwas Ungezähmtes aufscheinen, das ihn anzog und zugleich an seinem schlechten Gewissen rührte. Vielleicht war es nicht richtig. Er hätte es nicht tun sollen. Hatte er es deshalb getan, hatte er sich deshalb ein Herz gefasst und sie eingeladen? Er ließ seinen Blick zu Gaston wandern, der aß und dabei Handy-Nachrichten verschickte und ab und zu auflachte, ohne seinen eigenartigen archaischen Stolz zu verlieren, der Papa vom ersten Moment an fasziniert hatte; und das war die Antwort.

Sie plauderten über dieses und jenes. Elena spürte die Sorge, die wie ein Fliegenschwarm über dem Kopf meines Vaters hing, und versuchte, ihn abzulenken. Apropos fehlender Wagen, sie habe gar kein Auto, erzählte sie, sie fahre viel zu gern Rad; und sparsam sei das obendrein. Als sie noch in der Kosmetikfirma gearbeitet habe, sei sie entweder von einer Kollegin abgeholt worden oder habe die Öffentlichen genommen. Vor allem sprachen sie von Orten, an denen sie gewesen waren und an die sie gern reisen oder zurückkehren würden: von der liebkosenden Sonne auf einem Dorfplatz in der Camargue; vom Geschmack des *gazpacho*, vom venezolanischen Hinterland oder von einer Straße durch den Schwarzwald, vorbei an Bauernhäusern, die aus dem schattigen Grün hervorleuchteten, enge Straßen, geduckte Mauern und Orte mit exotischen Namen wie Hexenloch oder Ravennaschlucht.

Als sie mit den Vorspeisen fertig waren und selbst Gaston eine Pause zu brauchen schien, fragte mein Vater, ob Elena ihn nach nebenan begleiten würde, er müsse sich um die Tagliatelle kümmern. Sie nahm einen Schluck Wein, stand auf und folgte ihm.

»Haben wirklich Sie das gekocht?«

»Glauben Sie mir etwa nicht?«

»Es schmeckt alles köstlich.«

»Es ist das erste Mal. Aber bestimmt auch das letzte. Das ist, als würde man das Auto waschen, und dann regnet es.«

»Als die Nachricht von der Lohnausgleichskasse kam, hatte ich gerade beschlossen, mit Gaston zu verreisen.«

»Wohin?«

»Ich weiß nicht. In eine europäische Hauptstadt. Vielleicht Prag. Nur für ein Wochenende.«

»Haben Sie sich schon an eine Arbeitsagentur gewandt?«

»Arbeitsagenturen. Zeitarbeit. Ich habe jede Klinke geputzt, die es zu putzen gab. Ein Bewerbungsgespräch nach dem anderen. Unvergütete Probezeiten. Es gibt immer jemanden, der es besser kann und billiger ist.« Sie betrachtete ihre Fingernägel. »Jetzt spare ich jeden Cent. Ich möchte einen annehmbaren, einigermaßen bezahlten Job, mehr nicht.« Sie überlegte kurz und fügte hinzu: »Ich war mir nie für etwas zu schade.«

»Greift Ihre Familie Ihnen unter die Arme?«

»Meine Eltern?«

»Ihre Eltern oder Geschwister.«

»Meine Mutter hilft mir.«

»...«

»...«

»Aber ...?«

»Aber sie hat so eine Art, mich zu unterstützen, die irgendwie eher *erdrückend* als unterstützend ist, ich weiß nicht, wie ich es sagen soll. Sie macht mir ständig ein schlechtes Gewissen. Oder vielleicht liegt es an mir, und es ist mein Problem. Ich bin diejenige, die aus jedem Satz einen Vorwurf heraushört. Wie gesagt, vielleicht bilde ich mir diese Vorwürfe nur ein.«

Papa warf die Tagliatelle in das kochende Wasser.

»Der Einzige, mit dem ich es auf keinen Fall versauen will, ist Gaston.«

»Und der Vater?«

»Meiner?«

»Von Gaston.«

»Oh, Gaston war stolz auf ihn. Er war Gaukler, ein Straßenkünstler. Er sagte ihm immer, sie würden noch die tollsten Sachen zusammen machen. Stattdessen war dieser wunderbare Mistkerl von einem Tag auf den anderen fort.«

»Mit einer anderen?«

»Wie bitte?« Elena lachte wehmütig auf. »Nein, ach was ...«, sagte sie. »Er ist tot.« Sie seufzte. »Ein Aneurysma. Er ging die Straße entlang, wir waren gerade aus dem Supermarkt raus. Er trug die Tüten so ...« Sie machte es vor. »In jeder Hand eine. Wir plauderten. Eine Sekunde zuvor hatte er mir noch von einer fleischfressenden Pflanze erzählt, irgendwo hatte er von dieser Pflanze gelesen, die sich die Kraft der Regentropfen zunutze macht, um sich die Ameisen in den Schlund rutschen zu lassen, er erzählte mir gerade davon, und im nächsten Moment lag er zwischen der Tomatensoße und den unter die Autos kullernden Orangen auf dem Pflaster. Er ist einfach umgekippt. Er hat sich mit der Hand an den Kopf gegriffen und ist in sich zusammengefallen wie diese luftgefüllten Schläuche mit Armen und Beinen, mit denen man Werbung macht, wissen Sie, welche ich meine? Die so herumhampeln.« Elena machte die Bewegung nach. »Es war, als hätten sie die Luft aus ihm rausgelassen.«

»Wie furchtbar.«

»Ja.«

»Wann ist das passiert?«

»Vor vier Jahren.«

»Da war Gaston also …«

»Neun.«

Mein Vater griff sich an die Schläfe, dorthin, wo sich der taubenblaue Fleck gebildet hatte. »Ich will mir gar nicht ausmalen, wie es ist, einem Kind dieses Alters zu sagen, dass sein Vater tot ist.«

Elena lehnte sich mit dem Rücken gegen den Kühlschrank, die Augen zwei Schächte. »Eines Abends hat er mich gefragt, wieso er nichts dagegen getan habe.«

»Inwiefern?«

»Er meinte Olivier, seinen Vater. Er hat mich gefragt, wieso er seinen Tod nicht verhindert hätte. In dem Moment wurde mir klar, wie allmächtig wir für ihn waren. Ich habe ihm erklärt, dass er sich das nicht ausgesucht habe, dass Olivier nichts dagegen hätte tun können. Gaston dachte, sein Vater hätte aus irgendeinem Grund beschlossen, ihn zu verlassen.«

»Mein Gott.«

»Anfangs habe ich dauernd darüber zu reden versucht, ständig suchte ich nach Gleichnissen, Sie wissen schon … die Blätter, der Herbst, dieses ganze Gewäsch. Irgendwann habe ich mich sogar zum Paradies hinreißen lassen. Aber dann ist mir aufgegangen, dass diese Idee, sein Vater wäre an einem geheimnisvollen Ort, zu dem er keinen Zugang hat, nicht funktionierte. Sie machte alles nur noch schlimmer. Am Ende war er derjenige, der eines Tages zu mir sagte, es reicht, lass uns nicht mehr darüber reden.« Sie schnippte mit den Fingern. »Einfach so, von jetzt auf gleich. Lass uns nicht mehr darüber reden, Mama, hat er gesagt. Offenbar hatte er seine eigene Antwort gefunden.«

»Oder vielleicht war er zu dem Schluss gekommen, dass es keine gab.«

»Genau …«

Papa deutete auf den Schnappschuss aus Paris. »Marcella ist seit acht Monaten nicht mehr da.«

»Krankheit?«

»Unfall.«

Papa probierte die Tagliatelle und befand, dass sie noch zu hart waren. Dann stand er schweigend da, die Lippen halb geöffnet. Er betrachtete das rosagelbe Prisma, das träge an seinem Nylonfaden baumelte. In dem Moment sandte es keinen Regenbogen aus.

»Mit dem Auto«, sagte er. »Sie war aus der Stadt rausgefahren, um eine alte Klassenkameradin zu besuchen. Darin war sie unglaublich, sie schaffte es immer, mit jedem Kontakt zu halten, selbst mit Urlaubsbekanntschaften, auch über lange Zeit und über Umzüge hinweg.« An diesem Gedanken hielt er inne wie an der Steilwand eines Saumpfades, vor urzeitlichen Gletscherspuren. Unter sich den Abgrund. »Es war auf einer Landstraße. Angeblich war es ein sonniger Tag. Drei oder vier Autos vor ihr fuhr ein mit zwei Tanks beladener Sattelschlepper. Einer davon war nicht richtig auf dem Auflieger befestigt. Der vordere, der auf dem Schlepper. Die Spanngurte waren wohl nicht korrekt verzurrt oder hatten sich gelöst, man weiß es nicht. Angeblich gab es irgendwelche rutschfesten Matten, die aber nichts genutzt haben, denn der Tank ist hin und her getrudelt und hat die Halterung zerstört. In einer Kurve ist er dann seitlich weggerollt. Runtergefallen ist er nicht. Er hing noch immer am Anhänger fest. Auf der Gegenseite kam ein Lieferwagen. Der Fahrer konnte nichts tun. Er fuhr seelenruhig vor sich hin und hörte Radio, und auf einmal kam dieser Sattelschlepper mit dem Tank auf ihn zu, der vom Anhänger auf die Fahrbahn ragte. Er ist ausgewichen. Hat ihn aber trotzdem erwischt. Er hat die Kontrolle verloren. Ist ins Schleudern geraten. In die Wagen auf der Gegenfahrbahn geknallt. Drei Autos waren in den Unfall verwickelt. Der erste, in den der Lieferwagen wie ein Meteorit reingekracht ist, war Marcellas.«

Gaston kam in die Küche. »Was macht ihr?«

Papa fielen die Tagliatelle wieder ein, er fuhr herum und drehte die Flamme unter dem Kochwasser ab. »Ach verflixt ...« Mit der Gabel angelte er eine Nudel aus dem Topf und probierte. »Tut mir leid. Sie sind zu weich geworden.« Er kippte ein Glas kaltes Wasser in den Topf, um den Kochvorgang zu unterbrechen, und goss die Nudeln ab.

Gaston stellte sich neben ihn und sah zu. »Für mich sehen sie perfekt aus«, sagte er. »Echt jetzt.«

Mit Worten bloßlegen, was mir, benommen vom Lärm der Gegenwart und in Gefühle verstrickt, entgangen ist: Das ist es, was ich an meiner Arbeit liebe. Ich könnte gar nicht mehr ohne. Angefangen bei meinen ersten linkischen Schauspielversuchen, denen meine Mutter lächelnd beigewohnt hat, versteckt im Halbdunkel des Gemeindesaals. Während die Dinge geschehen, finden Verstand und Gefühl nur selten zueinander. Normalerweise reisen sie getrennt. In der Literatur, auf einer Bühne oder auf der Leinwand besitzt die Kunst die Macht, sie wieder zusammenzuführen. Das Leben überrumpelt uns, reißt uns mit sich, vor allem, wenn es um uns selbst oder um die Menschen geht, die uns etwas bedeuten. Doch vermittelt durch eine Erzählung, ein Drehbuch, einen Roman, nehmen wir mit dem Herzen und mit dem Geist daran Anteil, wir lassen uns rühren und sinnen unserer Rührung nach.

Nehmen wir den Tod von Tom Hanks in *Philadelphia.* Wie kaum etwas anderes hat mich dieser Tod für die Erkenntnis gewappnet, dass das Leben endlich ist; mehr noch als der tatsächliche Tod von geliebten Menschen. So wie Sophia Loren und Marcello Mastroianni in *Ein besonderer Tag* mich die Einsamkeit gelehrt haben. Kunst, so sagt es Woody Allen in *Manhattan*, ist die

Möglichkeit, Ereignisse mit anderen Menschen aufzuarbeiten.

Deshalb.

Deshalb habe ich meinen Vater auf Seiten beschrieben, die ich in dieser Geschichte nicht verwenden und ganz für mich behalten werde. Wie er seinen Koffer für Venezuela packt und eine in Goldpapier eingeschlagene, mit einer roten Schleife versehene Packung Gianduiotti in seinem Necessaire verschwinden lässt und gleich darauf meiner Mutter auf dem Balkon zur Hand geht, die trockene Wäsche vom Ständer zu nehmen. Wie er sie zum Lachen bringt. Wie er sie zum Weinen bringt. Deshalb habe ich auch sie, meine Mutter, auf Seiten beschrieben, die ich für mich behalten will. An einem Abend im Bett – auch dies ein Beispiel –, ein Buch auf den Knien, neben ihr eingekuschelt mein Bruder, wie sie ein Bild betrachtet, das mein Vater ihr aus Vietnam mitgebracht hat, der Dschungel bei Nacht, Tieraugen, die zwischen den Blättern hervorblitzen, und zwei Kinder, die aus einem Fluss steigen, die Haut glänzend wie Robbenfell, und das Wasser, das sich kaum vom Ufer unterscheidet. Aus demselben Grund habe ich mich selbst auf Seiten beschrieben, die ich für meine Kinder aufbewahren werde: damit sie wissen, wer ich gewesen bin. Wenn ich eines begriffen habe, dann, dass Geschichten keine Probleme lösen: Sie erlauben uns lediglich, sie zu erkennen und ihnen einen Namen zu geben.

Sie aßen die Tagliatelle, die ein bisschen weich, aber dennoch gut waren. Papa erklärte Gaston, auf wie viele Arten man Brücken bauen konnte, er erzählte ihm von den alten Römern und von Lehrgerüsten, wie er es bei uns getan hatte, und zwischen den dreien entspann sich ein unverhoffter Einklang. Nach dem Mittagessen saßen sie dort am Tisch, schoben die Brotkrümel mit der Messerspitze zusammen und plauderten, als wäre ihr Beisammensein eine feste Gewohnheit. Papa holte den Schnaps, und er und Elena genehmigten sich einen Fingerbreit. Gaston wechselte in einen Sessel und blätterte in einem Fotobuch über Sibirien, dann rutschte er auf den Fußboden, holte ein Mini-Skateboard aus der Tasche und fing an, es mit den Fingern zu bewegen und Tricks nachzustellen, und das so konzentriert, als wäre es das echte. Er war anwesend und zugleich ganz woanders. Papa betrachtete ihn und fragte sich, wo. Während er sich noch einen Schluck Schnaps eingoss, traf es ihn mit erhellender Klarheit, wie sehr Alessandro ihm fehlte. Er hätte viel mehr Fragen gestellt als Gaston, der eher dazu neigte, das Gehörte in sich aufzunehmen und nicht dazwischenzureden. Dann verbesserte er sich: nicht *er hätte gestellt*, er hatte. Ale *hatte* in Gastons Alter viel mehr Fragen gestellt. Das war natürlich noch immer so, doch inzwischen diskutierte man auf Augenhöhe.

»Mein Sohn macht gerade eine Fahrradtour irgendwo in der Nähe von Helsinki.«

Elena blickte auf.

»Er arbeitet bei der Europäischen Chemikalienagentur. Er fährt gern Rad.« Er machte eine Pause. »Dass es einmal so kommt, hätte sich auch keiner träumen lassen.«

»Wie denn?«

»So«, sagte mein Vater. »Er in Helsinki. Sonia, die ich ein paarmal im Monat sehe. Giulia, die nicht mit mir redet. Ich ohne Marcella.« Er schüttelte den Kopf. »So hatte ich mir diesen Lebensabschnitt nicht vorgestellt.«

Elena fuhr mit dem Finger über den Rand ihres Glases, als wollte sie ihm einen Ton entlocken, der jedoch ausblieb.

»Ich bin viel gereist. Aber ich habe immer geglaubt, eines Tages wäre Schluss damit. Ich würde zu Hause bleiben und tun, was ich bis dahin nicht getan habe. Ich habe mir Sonntagsessen vorgestellt. Kinder und Enkel. Marcella und ich hätten uns ebenso geduldig Gesellschaft geleistet, wie wir aufeinander gewartet und einander ertragen haben. Besser noch. Mit weniger Unruhe.«

(Als er mir Jahre später davon erzählte, fragte ich ihn, ob er sich wirklich so ausgedrückt habe, *aufeinander* gewartet, mit diesem Adverb, oder ob er es, selbst wenn er es nicht so gesagt hatte, so empfand. Ich weiß noch, dass er mich völlig verdutzt anguckte, während sich auf meinem Gesicht Wut und Fassungslosigkeit breitmachten. Ich bin in die Luft gegangen. Es war in seinem Krankenhauszimmer. Ich habe ihn angebrüllt, er habe verdammt noch mal noch nie auf irgendwas gewartet, erst recht nicht auf Mama. Gewartet? Wann denn? Wie denn? Auf zwei Zentner Doppel-T-Eisen vielleicht. Aber bestimmt nicht auf sie. Wenn jemand am Fenster stand, dann Mama. Immer nur sie. Vielleicht nicht an den Rollladen genagelt wie die Mutter von Ascher Lev – ihr Wesen hätte sie davon abgehalten, sich in Selbstaufgabe zu verlieren: Mama hat gelebt, und wie –, aber dennoch ohne ihren Wachposten je zu verlassen, in emsig verantwortungsvoller Wachsamkeit. Er solle es zugeben, habe ich verlangt. Gebettelt. Ich musste es ihn sagen hören. Doch er hat sich abgewandt und zum Fenster gesehen. Es war ein Sommertag, ein Windhauch spielte in den hellblauen Gardinen; Vogelschwärme malten geometrische Figuren in den Himmel, und er hatte geschwiegen, versunken in einem der Erinnerungsseen, in denen er sich in letzter Zeit verlor, bis ich irgendwann glaubte, er würde nicht mehr daraus auftauchen. Im Innenhof stand ein Baum mit mächtiger Krone. Wir konnten ein Stück von ihm sehen, ich von meinem Stuhl und er von seinem Bett aus, den Kopf auf dem Kissen. Er hat mich gefragt, was für ein Baum das sei. Eine Esche, habe ich geantwortet. Er hat den Namen wiederholt, als wollte er ihn mitschreiben, und ihn sich auf der Zunge zergehen lassen. Ich bin aufgestanden, habe das Fenster geöffnet, damit er ihn besser sehen konnte, und hinzugefügt, er sei nicht nur schön, sondern auch nützlich, Eschen könnten riesige Mengen Kohlendioxid aufnehmen. Er hat sich zur Flurseite umgedreht und gesagt, Mama hätte auch gewusst, wie man die Luft reinigt. Die Tür stand offen, und er sah die Leute vorbeigehen, die Angehörigen auf Besuch, die auf und ab wandernden Patienten.)

»Neukaledonien, richtig?«
»Oliviers Familie?«
»Ja.«
»Dort sind ihre Wurzeln. Aber sie sind nach Neuseeland gezogen. Er ist in Auckland geboren.«
»Auckland. Angeblich ist das eine der Städte mit der höchsten Lebensqualität weltweit.«
»Er hatte wunderbare Erinnerungen daran.«
»Und dann sind sie nach Italien gekommen?«
»Nur Olivier. Er hatte mit seiner Familie gebrochen, noch ehe wir uns kennenlernten. Sie wollten nicht, dass er fortging. Sie haben sich übel verstritten. Aber Gaston ist der Name seines Vaters, und das bestimmt nicht von ungefähr.«

»Er hat seinen Sohn nach dem Großvater benannt?«
»Genau.«
»Weiß der Großvater das?«
»Nein. Ich glaube nicht.«
»Dann haben Sie sich nie kennengelernt.«
»Hin und wieder haben wir darüber geredet. Wir meinten, es wäre schön, eines Tages hinzufahren, damit Gaston seine Großeltern und Cousins kennenlernt. Eine Art Überraschungsbesuch. Olivier hatte keinen Kontakt mit ihnen. Gar keinen. Aber wer weiß. Vielleicht hat Gas irgendwann das Bedürfnis, hinzufahren.«
»Ach ja, die Suche nach den Wurzeln«, seufzte mein Vater feierlich.
»Der Ruf des Ursprungs«, machte Elena ihn nach.
»Und welche Schulausbildung haben Sie?«
»Naturwissenschaftliches Gymnasium. Keine Ahnung, warum, die humanistischen Fächer lagen mir immer viel mehr. Studiert habe ich nicht.«
»Wieso nicht?«
»Ich wusste nicht, wofür ich mich einschreiben sollte. Also wollte ich mir ein bisschen Zeit nehmen, um in Ruhe zu entscheiden. Um zu reisen und die Dinge mit eigenen Augen zu sehen. Und dann hat das Reisen mich gepackt, ich bin durch halb Europa getingelt, und mit einundzwanzig begegnete ich Olivier, auf einem Straßenkünstlerfestival in Avignon.«
»Avignon. Schön.«
»Waren Sie mal dort?«

»Ein paarmal.«
»Wir sind ganz gut über die Runden gekommen, Olivier und ich. Ohne große Sprünge zu machen, aber mit Würde. Wir konnten unsere Miete und die Rechnungen bezahlen, einkaufen gehen, wir waren glücklich und brauchten nicht viel. Wir waren einander genug. Dann wurde Gaston geboren. Olivier hatte seine Shows und fing an, ein paar junge Künstler unter seine Fittiche zu nehmen. Leute aus der Zirkuswelt.«
»Zirkus hat mich immer traurig gemacht …«
»Keine Tiere. Pantomime, Akrobatik, Jonglieren.«
»Feuerspucker?«
»Ja. Auch Feuerspucker.«
»Einmal habe ich so eine Vorstellung gesehen. Beeindruckend. Dreihundert Feuerspucker zusammen auf einem Platz in San Fernando in Venezuela. Sie sahen aus, als wären sie aus der Hölle gekommen.«
»Olivier plante, eine Kompanie zu gründen.«
»Und dann hättet ihr Gaston gehabt, der mit dem Skateboard durch die Flammen springt …«
Sie sahen zu ihm hinüber; er war mit dem Mini-Skateboard in seiner Trick-Welt versunken und ließ es mit Mittel- und Zeigefinger kreisen: Mittel- und Zeigefinger waren die Beine und manche Bewegungen waren so schnell, dass man nicht hätte sagen können, ob er zum Stoppen des Boards auch den Daumen benutzte – aber nein, nur Mittel- und Zeigefinger.
»Und jetzt?« Papa versuchte, zwei Gabeln mit einem

zwischen die Zinken geschobenen Zahnstocher auf dem Rand eines Glases in die Balance zu bringen, einer dieser Zaubertricks, um die wir ihn als Kinder dauernd anbettelten und mit denen er uns verblüffte, aber statt uns dazu irgendwelchen Humbug aufzutischen, hat er uns das physikalische Prinzip erklärt. »Ich meine: wenn Sie machen könnten, was Sie wollten?«
Elena wandte sich zum Fenster, blickte hinaus und streckte die Hand nach den Blättern der Sansevieria aus. »Keine Ahnung.«
Papa sagte, das glaube er nicht, völlig unmöglich, dass eine wie sie – und obwohl er sich der darin anklingenden Arroganz bewusst war, sprach er es aus – also, dass eine wie sie keine Träume hätte. Er versuchte, die Gabeln zu spreizen, um sie besser auszubalancieren, doch sie stürzten ab, und beim Auffangen stieß er gegen das Glas, das um ein Haar zu Boden gegangen wäre.
Elena lachte.
»Machen Sie sich über mich lustig?«
»Nein«, sagte Elena. »Es ist nicht Ihretwegen.«
»Weshalb dann?«
»Ich habe nur gedacht … mir ist wieder eingefallen, dass ich als kleines Mädchen Krankenschwester werden wollte.«
»Krankenschwester?«
»Ja.«
»Das ist ein schöner Beruf.«
»Ja.«

»Wieso versuchen Sie es nicht?«
»Wie denn?«
»Ich weiß nicht. Schreiben Sie sich in einem Kurs ein. Machen Sie eine Ausbildung. Ich habe gelesen, die Nachfrage sei groß, auch im Ausland. Sie könnten sich informieren.«
»Dazu ist es zu spät.«
»Entschuldigung, aber … Wie alt sind Sie?«
»Was schätzen Sie?«
»Das ist unfair.«
»Sie haben angefangen.«
Mein Vater kniff die Lider zusammen. »Fünfunddreißig?«
»Fünfunddreißig, ganz genau.«
»Und?«
»Mit fünfunddreißig? Wie soll ich das bitte machen?«
»Na ja … das wird eine dreijährige Schulung sein oder so was.«
»Eine dreijährige Schulung …« Sie verdrehte die Augen. »Die müsste ich neben meinem Job absolvieren. Darf ich Ihnen das schräge Kerlchen dort am Boden die nächsten drei Jahre zum Mittag- und Abendessen vorbeischicken?«

In dem Sommer, als wir dahinterkamen, dass mein Vater eine Geliebte in Venezuela hatte, machten wir alle fünf zusammen Ferien, die letzten wirklichen gemeinsamen Ferien, an die ich mich erinnere. Alessandro war sechzehn. Sonia einundzwanzig. Danach gab es keine Reise mehr, bei der wir alle dabei waren: Mal fehlte Sonia, mal ich, und irgendwann wurde auch Alessandro von Rucksäcken und Zügen und Kumpels und Freundinnen verschluckt. Wir sind immer viel gereist. Unser Vater, Sonia, Ale. Von mir ganz zu schweigen – ich lebe praktisch aus dem Koffer. Aber zu Hause war ja Mama: Sie drehte sich mit uns, durch uns, und wir kreisten um die Wohnung am Lungo Po Antonelli wie Satelliten um einen Planeten.

Planet M.

Mamma. Mittelpunkt.

Marcella.

In der Lebensphase, in der wir mit unserer Selbstfindung beschäftigt waren – wir Kinder, meine ich, aber vielleicht auch mein Vater; so habe ich noch nie darüber nachgedacht: ob er auch auf der Suche nach sich selbst war? –, jedenfalls machte Mama es sich in dieser Zeit zur Aufgabe, jeden über das Leben der anderen auf dem Laufenden zu halten. Durch sie fühlten wir uns beständig und eingebunden und hatten das Ge-

fühl, jeden Schmerz und jede Freude miteinander zu teilen. Manche Dinge sagten wir einander gar nicht erst, weil wir sicher waren, dass sie die Neuigkeit bereits weitergegeben hatte.
In jenem Sommer schlug Papa vor, einen Wohnwagen zu mieten und durch Europa zu reisen. Er meinte, er wolle uns noch ein paar Orte zeigen, ehe wir Kinder, verlorene Seelen, beschlössen, unsere Zeit in irgendwelchen miesen Touristenfallen voller Rauchschwaden und Laserstrahlen zu verplempern. Ich weiß noch, dass auch Mama die Idee aufregend fand: Wir waren noch nie im Wohnwagen unterwegs gewesen. Wir mieteten ein Modell mit Alkoven: sechs Schlafplätze, Küche mit Gasherd und Bad mit separater Dusche.
Erster Stopp, das Viadukt von Millau.

Dass das erste Ziel eine Brücke war, überraschte natürlich niemanden. Wir versuchten gar nicht erst dagegenzuhalten. Als wir das Tarntal in Südfrankreich erreichten, wurde es gerade Abend, die zwischen Wolken und Hügeln eingezwängte Sonne bestrahlte die Pfeilerspitzen des Viadukts, die fast dreihundertfünfzig Meter in den Himmel ragten. Wir hielten in einer Parkbucht. Papa holte Biere heraus, und wir hockten uns auf ein paar Felsen und betrachteten die Schrägseile in der Abenddämmerung. Das muss man ihm lassen: Wenn ihn etwas begeisterte, konnte er die anderen damit anstecken. Ohne seine Erklärungen wäre unser

Blick wohl kaum über die Feststellung hinausgegangen, vor einem Viadukt aus Stahlbeton zu stehen. Das Viadukt von Millau war die höchste Autobrücke der Welt, aber nicht nur das: Mit ausholendem Arm erklärte Papa uns, wie unglaublich filigran die Brücke trotz ihrer gigantischen Struktur und der Länge von über zwei Kilometern wirke, er zeigte uns, wie vollkommen furchtlos sie sich ins Nichts stürze und die Landschaft mit ihrer Harmonie und Kühnheit fülle. Er sagte, das Schöne in der Architektur bestehe häufig darin, einfache Lösungen für komplexe Probleme zu finden, wodurch sich der Mensch stark fühlen könne, ohne in Größenwahn zu verfallen. Sonia nickte. Mich erinnerten die mit Schrägseilen armierten Pfeiler an Ballerinen in Tutus. Alessandro sagte etwas von wegen *base jumping* und wie seltsam es sei, dass es noch niemand von dort versucht hätte.

Dann weiß ich noch, dass Papa Mama irgendwann auf seinen Schoß zog, sie nahm ihm die Bierflasche aus der Hand, in der sich das tief stehende Sonnenlicht spiegelte. Ich dachte, dass meine Eltern wunderschön waren. Sie strich über sein Haar. Er hatte eine Hand auf ihrem Knie. Und als die Sonne hinter den Hügeln verschwand, hatte keiner von uns Lust, aufzustehen.

Am nächsten Tag brach Sonia einen Streit zum Thema große Bauwerke vom Zaun, die wie gesagt *groß* seien, obwohl das tägliche Leben sich im Kleinen abspiele und nach überschaubaren, zweckmäßigen Gebäuden verlange. Ich hielt dagegen, eine Brücke wie diese transportiere neben Fahrzeugen eine Menge lebensnaher Bedeutungen: die Fähigkeit, zu vereinen, zu überwinden, zu verknüpfen; eine gute Brücke rege dazu an, zu verzeihen und über seinen Schatten zu springen. Papa pflichtete mir bei. Sonia war eingeschnappt und schmollte, bis wir nach ein paar Stunden Fahrt in einem Städtchen kurz vor Paris anhielten, um in einem kleinen Café etwas zu essen.

In Paris verbrachten wir drei herrliche Tage. Die Sonne ließ die Stadt erstrahlen. Wir besuchten das Institut du monde arabe. Es war ebenfalls eine Brücke: Papa erklärte uns, dass die dem Stadtzentrum zugewandte Nordseite im Dialog mit der Altstadt stehe, während die Südseite mit den vom Licht bewegten *moucharabieh*, den Gittern, die es den Frauen erlaubten, zu sehen, ohne gesehen zu werden, der arabischen Kultur zugewandt sei.

Als wir vor dem Institut standen und Alessandro sich mehr für die Touristinnen und Pariserinnen, denn für die *moucharabieh* interessierte, holte Mama einen Fotoapparat aus der Tasche, hielt eine junge Frau mit einem extravaganten Schultertuch an, die sofort Ales Aufmerksamkeit erregte, und bat sie, ein Foto von uns zu machen. Eben das, was Elena Jahre später in unserer Küche sehen sollte.

Ich weiß nicht, ob die erinnerte Harmonie jener Tage der Wahrheit entspricht oder nur Einbildung ist, eine Flucht, jedenfalls denke ich oft an diese Ferien zurück: wenn ich in einer Hotelbadewanne liege, aus einem Zugfenster starre oder in einer Trattoria im Esquilino-Viertel eine Amatriciana esse, während der Proben für ein Theaterstück. Ich weiß, dass ich mit Jawad im Bett darüber geredet habe. Ich weiß, dass ich daran gedacht habe, als ich mit den Zwillingen schwanger war. In jenen Tagen konnte ich sogar die venezolanische Geliebte vergessen. Ich radierte sie willentlich aus: Wenn ich dich nicht sehe, gibt es dich nicht.

Im jüdischen Museum in Berlin blieb ich lange vor den Wänden stehen, die von Nischen, Objekten und Fotografien von Deportationen gesäumt waren, bis wir hinter einer schwarzen Wand plötzlich vor einer schwarzen Tür standen, die ein junges Mädchen schweigend öffnete. Sie bedeutete uns einzutreten. Es war der Holocaust-Turm. Mit einem dumpfen Knall fiel die Tür hinter uns zu. Mir blieb die Luft weg. Durch einen schmalen Schlitz rieselte Licht wie Asche auf uns nieder, und die einfühlsame Architektur berührte mich so sehr, dass ich weinen musste. Ich sagte zu meinem Vater, genau so sei Theater: Wieso brachte er mich an ei-

nen solchen Ort und zeigte sich dem Theater gegenüber so feindselig?
Er sagte, er habe sich nie *feindselig* gezeigt.
Ich sagte, er sei ein Lügner: Nur ein einziges Mal sei er gekommen, um mich zu sehen.
Weil er beruflich viel unterwegs gewesen sei, antwortete er, sonst hätte er es öfter getan.
Ich sagte, er habe mich nie unterstützt.
Er bat mich um Verzeihung: doch Theater interessiere ihn nun einmal nicht; es sei schwer, jemanden in etwas zu bestärken, das einen nicht interessiere.
Ich sagte, mir sei es immer vorgekommen, als nähme er mir diese Leidenschaft übel.
Er sagte, ich würde mich irren.
Ich sagte, ich hätte ihn gern für mich applaudieren sehen.
Er sagte, er würde es bei nächster Gelegenheit tun, versprochen – und umarmte mich.

Und jetzt schaut uns an. Das sind wir. Unsere Familie. Es gibt keine Geheimnisse zwischen uns.
Wir lassen Berlin hinter uns und die Autobahn bringt uns nach Süden, Richtung Schweiz. Wir essen Wurst und Käse in Baden-Württemberg. Abends kommen wir nach Bern und kampieren am Ufer der Aare. Trotz der Müdigkeit gehen wir zu Fuß in die Altstadt und suchen uns ein Lokal, um zu Abend zu essen. Als wir am nächsten Tag erwachen, gleicht der Himmel einer Me-

tallplatte, doch wir geben nichts darauf und machen uns durch Wälder und Felder auf den Weg nach Entlebuch. Auf der Fahrt bemerken wir eine Menschentraube, die zu einer kleinen Ortschaft unterwegs ist. Auf einer Hügelkuppe lugt der Kirchturm zwischen den Baumwipfeln hervor. Wir beschließen anzuhalten und nachzusehen, was dort los ist. Zwei Jugendliche stehen an der Schotterstraße und verkaufen Milch.

Schaut, wie beglückt wir sind. Alessandro hat Mama den Arm um die Taille gelegt, Sonia und ich kichern und albern herum. Ein Orchester spielt. Die Musik kommt aus der Kirche. Papa erkennt das Stück: *Ouvertüre Nr. 2 in h-Moll* von Bach. Wir sind am Fuß der Alpen, und die Luft riecht nach Heu und Schnee, obwohl Sommer ist.

Ehe wir die Schweiz verlassen, machen wir bei der Therme Vals Halt.

Schaut uns zu. Folgt uns, wie wir dem Wasser durch Felsgestein und unsichtbare Durchschlupfe folgen, durch mächtige, endlose Wände aus Granit, und als man meint, nie mehr daraus aufzutauchen, den Bauch des Gebirges nie mehr zu verlassen, weicht die Dunkelheit plötzlich dem Licht. Vor uns das Tal. Und die Hügel.

Schaut uns an.

Schaut, wie wir in den Tag hinaustreten.

Aus der Küche war das Klingeln des Telefons zu hören, Papa sprang auf und hätte beinahe den Stuhl umgeworfen. Doch es war nicht Sonia. Es war Ale.

»Hey!«, sagte mein Bruder. »Gibt's was Neues von Rachele?«

»Hast du das mit dem Kopf gehört? Dass sie …«

»Ja. Sonia hat mir eine Nachricht geschickt. Ich habe gerade versucht, sie anzurufen, aber sie geht nicht ran. Marco auch nicht. Das CT haben sie bestimmt schon gemacht, meinst du nicht?«

»Was weiß ich!«

Sie schwiegen. Mein Vater war sich nicht sicher, ob das, was er hörte, Ales Atem war oder der Wind in einem finnischen Wald, er spürte die Kälte, er wusste nicht, wie und warum, aber er nahm es ganz deutlich wahr: den Schnee zwischen den Wurzeln der Tannen und Birken, und dass es Tannen und Birken waren, wusste er ebenfalls, in dem Moment wusste er es, ohne dass ich ihm die Namen der Bäume sagen musste.

»Bist du noch da?«, fragte mein Bruder.

»Seid ihr noch immer mit dem Fahrrad unterwegs?«

»Ja.«

»Ale …«

»Ich höre dich. Hörst du mich nicht?«

»Doch, doch, ich höre dich. Wann kommst du noch mal zurück?«

»Du meinst, zu Weihnachten?«

Das meinte er nicht. Er meinte: Wann kommst du zurück zu mir, nach Turin, für immer, wann kommst du nach Hause. Er sagte: »Ja, zu Weihnachten. Wo landest du?«

»In Malpensa.«

»Soll ich dich abholen?«

»Ach was. Nicht nötig. Ich nehme den Shuttlebus und den Zug vom Hauptbahnhof.«

»Ich kann dich abholen.«

»Wie du willst, Papa.«

»Ich mach das. Ich hole dich in Malpensa ab. An welchem Tag kommst du an?«

»Am zweiundzwanzigsten.«

»Und bleibst bis wann?«

»Bis zum fünften.«

»Bis zum fünften … gut. Du schläfst im Zimmer der Mädchen.«

Ale wusste, dass unser Vater sich in seinem Zimmer einen Arbeitsraum eingerichtet hatte; wenn er zurückkam, schlief er in Sonias und meinem ehemaligen Zimmer. Auch Rachele und Greta hatten während der Sanierung des Hauses in Biella in unseren Betten geschlafen. Genauer gesagt in einem, klein, wie sie waren. In dem anderen hatte Mama geschlafen. Ihr Schlafzimmer hatte sie Marco und Sonia gegeben. Papa war nicht da gewesen. Wegen der sich verzögernden Bauarbeiten hatte dieses Zusammenleben mehrere Wochen gedauert. Mama schickte mir dauernd Fotos von Greta und Rachele in meinem Zimmer, vor meinem Kleiderschrank; sie meinte, es sei seltsam, diese beiden kleinen Mädchen in unserem ehemaligen Zimmer zu sehen – sie sagte, es rühre sie.

»Gib Bescheid, falls du etwas hörst.«

»Wer als zuerst was erfährt, lässt es den anderen wissen.«

Meinem Vater ging auf, dass er Elena und Gaston nicht erwähnt hatte. Er war kurz davor, es zu tun, Ale zu sagen, dass er an diesem Sonntag am Ende doch nicht allein geblieben war. Aber er behielt es für sich. Er verabschiedete sich und kehrte ins Wohnzimmer zurück.

Elena war auf das Sofa gewechselt, hatte die Augen geschlossen und atmete ruhig. Mein Vater wedelte mit der Hand, um Gastons Aufmerksamkeit zu erhaschen, und machte ein fragendes Gesicht: Schläft sie? Gaston zuckte mit den Schultern und hob die Hände.

Papa beschloss abzuräumen. Er tat es so geräuschlos wie möglich. Elena war tatsächlich eingeschlafen. In der Küche schaltete er leise das Radio an und stellte einen Klassiksender ein. Er belud die Spülmaschine und packte die Essensreste in einzelne Behälter, die er im Kühlschrank und im Tiefkühlfach verstaute. Als er fast fertig war, kam Gaston in die Küche und setzte sich; er ließ das Mini-Skateboard um den Obstkorb auf dem Küchentisch flitzen.

»Benutzt du es, um die Tricks mit dem echten zu üben?«
»Das Fingerboard?«
»Heißt das so, Fingerboard?«
»Das ist was ganz anderes.«
»Inwiefern?«
»Das ist eine eigene Disziplin.«
»Eine Disziplin?«
»Es gibt Fingerbord-Meisterschaften genauso wie Skateboard-Meisterschaften.«
»Im Ernst?«
»Klar.«
»...«
»Ich hab die Nationalmeisterschaften gesehen.«
»Wo?«
»Im Lingotto.«
»Und du sagst, es gibt Leute, die gegeneinander antreten und ein Mini-Skateboard mit den Fingern bewegen?«
»Ja.«
»Das musst du mir genauer erklären.«
»Na ja, das ist wie beim Skaten. Es gibt Rampen und *rails* für Fingerboards. Es gibt ganze Miniaturparks für Fingerboards.«
»Ich mag Modelle.«
»Zu Hause habe ich ein paar.«
»Hast du die selbst gemacht?«
»Nee. Schön wär's. Die habe ich geschenkt gekriegt.«

»Du könntest sie auch selbst bauen.«
»Wie denn?«
Papa stellte das Nudelsieb weg. »Wir sprechen von Rampen und Hindernissen wie die im Skatepark, stimmt's?«
»Ja.«
»Das scheint mir nicht so schwer zu sein.«
»Und wie macht man das?«
»Kommt drauf an. Man kann Holz nehmen, schätze ich. Oder Pappe. Oder Plexiglas.«
Gaston blickte ihn ernst an, als würde Papa ihm ein Geheimnis verraten. Es ist leicht, sich seinen Blick vorzustellen, der für den Großteil unserer Kindheit auch der unsere gewesen ist, von mir und Alessandro vor allem. Sich den Blick meines Vaters vorzustellen, ist ebenfalls nicht schwer: eine leise Erregung, die vom Begreifen und Erklügeln rührt.
»Komm mal mit.«

Alles, was meinem Vater eine Leidenschaft war, hatte er in Alessandros Zimmer verfrachtet: Da waren vor allem Bücher über Ingenieurwesen und Architektur; eine maßstabgetreue Nachbildung der Kon-Tiki, des Floßes, mit dem Thor Heyerdahl den Pazifik von Südamerika bis zu den Polynesischen Inseln überquert hatte; mehrere Dioramen, Nachbildungen alter Steinbrücken, die sich über Teiche und Wasserläufe spannten; es gab einen mit Kordeln und Zweigen überhäuften Tisch, aus denen Papa die Hütten von Caorle nachbauen wollte, Pfahlbauten einer Gemeinde an der Adria, von denen er durch einen spätnachts gesendeten Dokumentarfilm erfahren hatte; es gab Stapel von Papier und Pappen in unterschiedlichen Stärken, Klebstoffdosen und -tuben, Sprühlackdosen, Garnspulen, Draht, Behälter voller Klemmen, Büroklammern und Clips.

»Hast du das gemacht?«, fragte Gaston und betrachtete die Kon-Tiki.

»Ja.«

»...«

»Ein bisschen Kleber und ein paar Reste, und man kann alles draus machen. Na, dann wollen wir mal sehen ...« Er wackelte mit den Fingern, als wollte er ein Fingerboard bewegen. »Eine Rampe?«

Gaston nickte aufgeregt.

»Was für eine? So eine wie die vor der Motorradrennbahn?«
»Eine *quarter pipe* wäre auch schon gut.«
»Eine was?«
»Eine einzelne Rampe. Warte ...« Gaston nahm sich ein Blatt Papier und machte eine Skizze.
»Eine einzelne Rampe.« Papa sah sich um. Sein Blick blieb an einer Cornflakes-Schachtel hängen, in der er Kunstgras aufbewahrte. »Na bitte«, sagte er. »Versuchen wir's mit der.« Er leerte sie und schnitt die wiederverschließbaren Laschen und eine der Breitseiten entlang der Falzlinien bis drei Zentimeter über dem Boden ab. Als sich die gelöste Pappe auf die Fläche darunter legte, begriff Gaston, dass sich die drei übrig gebliebenen Zentimeter in die schmale Plattform am oberen Rampenrand verwandelt hatten, die im Skaterjargon *table* heißt und von der aus man startet.
»Wow! Wahnsinn!«
»Wie steil soll sie werden? So?«
»Ein bisschen steiler.«
Papa drückte die Pappe gegen die Plattform und erhöhte das Gefälle. »Hilf mir mal«, sagte er. »Halt das fest.« Er nahm das Klebeband und fixierte die unteren Enden, sodass das Fingerboard die Pappe hinauffahren konnte. Sie versuchten, die Rampe zu versteifen, damit sie unter dem Druck der Finger nicht nachgab. Sie experimentierten mit dickerer Pappe und benutzten Streichholzschachteln, um eine Kante zu bauen, auf der man

entlangrutschen konnte, wie es Skater auf Parkbänken, Mäuerchen oder Treppenhandläufen tun, und siehe da: In solchen Dingen hatte Papa schon immer ein magisches Händchen gehabt. Sie verloren das Zeitgefühl. Plötzlich war da nur der Sonntag, der Nachmittag, der Wind in den Straßen, das Klimpern eines Klaviers und dazu Klebstoff und Tesafilm und Plastikflaschen und Einweg-Nagelfeilen. Mein Vater baute. Gaston verzierte mit Sprühlack: grüne und rote Wellen, gelbe Spiralen. Kaum ein Wort, nur das Nötigste. Der prüfende Blick. Die Handgriffe – präzise. Packpapierbögen, um nichts vollzukleckern. Der vom Lösungsmittel verdrängte Geruch nach gefüllten Zwiebeln.

»Woher kommt deine Begeisterung für das Skateboard?«
Gaston zuckte mit den Schultern. »Ich hab's gesehen.«
»Und was machst du sonst noch gern?«
»Eine Menge.«
»Andere Sportarten?«
»Ich spiele Basketball.«
»Basketball, schöner Sport, sehr gut. Gib mir mal den Cutter rüber … ja, den …«
»Verkaufst du die auch?«
»Wen?«
»Die Modelle.«
»Nein.« Papa lachte. »Wem sollte ich die denn verkaufen?«

»Die sind schön.«
»Danke. Aber nicht so schön, wie du glaubst.«
»Ich finde schon.«
»...«
»Die würde dir bestimmt jemand abkaufen.«
»Glaubst du?«
»Mach doch Fotos und stell sie auf eBay.«
»Meintest du es so?« Papa zeigte Gaston eine zweite Rampe.
»Perfekt.«
»Finde ich nicht.«
»Aber klar doch, die ist perfekt ...«
»Du musst lernen, dich nicht zufriedenzugeben, weißt du?«
»...«
»Na bitte. So? So ist sie noch besser, oder?«
»Irre. Du bist genial.«
Papa grinste.
»Das musst du mir beibringen.«
»Du lernst es doch schon.«
»Ach Quatsch.«
»Nein, die ist gut.« Er deutete auf die *funbox*, an der Gaston arbeitete. »Machst du auch Graffitis? Ziehst du mit Spraydosen und so was los?«
»Ich hab's ein paarmal gemacht.«
»Beschmier meine Hauswand, und ich breche dir die Finger.«
»Aber ...«

»Ich warne dich. Wag es ja nicht … und überhaupt, diese unverständlichen Kürzel.«

»Was für Kürzel?«

»Was weiß ich. Die sieht man überall. *Skag. Venum4.* Solche Sachen.«

»Das sind *tags.*«

»Was soll das heißen?«

»So eine Art Unterschrift. Um zu *sagen, wer du bist.*«

»Was bedeutet das, um zu sagen, wer du bist?«

»Um zu zeigen, dass du dort gewesen bist. Und dann kommt es drauf an, wie man sie macht.«

»Wieso muss man sagen, dass man dort gewesen ist?«

»Um klarzumachen, dass der Ort dir gehört.«

»Als würde man in die Ecken pinkeln.«

Gaston lachte.

»Stimmt doch. Wie Hunde, die an Hauswände pinkeln, um ihr Revier zu markieren. Die anderen Tiere wittern den Urin. Ich glaube, das hat was mit dominanten Pheromonen zu tun oder so. Also machen sie einen großen Bogen. Und was sind das für welche, die an die Hauswände pinkeln?«

»Writer, Breaker.«

»Breaker?«

»Die, die Breakdance machen. Auf der Straße. Warst du mal am Regio?«

»Im Theater?«

»Nein, nicht drin. Davor. Auf der Via Verdi. Da machen sie Breakdance.«

»Ist mir nie aufgefallen.«

»Da bin ich mit meinem Vater hingegangen.«

»...«

»Er konnte das auch.«

»Dein Vater? Er konnte tanzen?«

»Nur ein bisschen Breakdance. Aber er war gut. Er mochte *sound systems*, diese Monsterdinger mit Generatoren und Plattenspielern, weißt du? Diese fetten Musikanlagen. Er meinte, die seien eine Revolution. Eine Freudenrevolution, meinte er. Und dass er sie in einer Show verwenden wolle wie in Jamaika, um die Straßen mit Musik zu füllen und zu feiern. Er feierte gern.« Gaston hatte langsam gesprochen und die Worte so behutsam gesetzt, als hätte er Angst, sie zu zerbrechen. Er konzentrierte sich auf den Klebstofftropfen, den er auf die Spitze eines Zahnstochers träufelte. Als der Tropfen hinabrinnen wollte, vollführte er mit dem Handgelenk eine blitzschnelle Drehung, und der Klebstoff schmiegte sich an das Holz – und lief nicht mehr weg.

Ich kann mich an Nachmittage erinnern, an denen ich auf dem Wohnzimmerboden hockte und so tat, als würde ich lesen oder malen, nur um in seiner Nähe zu sein, während er mit überschlagenen Beinen und abwesendem Gesichtsausdruck im Sessel saß und Zeitung las. Manchmal sehe ich ihn im Gegenlicht vor mir, den Kopf wie von Zigarettenqualm umwölkt; was nicht sein kann, weil mein Vater nie geraucht hat, nicht einmal als Jugendlicher. Er meinte, er habe nur deshalb nicht damit angefangen, weil er den Teergeschmack im Mund und auf der Zunge so widerlich fand; wäre das nicht gewesen, hätte er mit sechzehn bestimmt auch mitgemacht, und sei es nur, um sich aufzuspielen wie die meisten seiner Freunde. Außerdem, betonte er immer wieder gern, sei es auch besser so: Weil sie nicht rauchten – er meinte sich und Mama –, würden wir auch nicht rauchen.

Doch er irrte sich.

Nicht, was uns angeht. Weder ich noch Ale oder Sonia haben je ernsthaft geraucht: In dem Punkt hatte er richtig gelegen. Ich meine Mama. Sie rauchte ab und zu. Heimlich, wenn er nicht da war. Sie rauchte nachts auf dem Balkon, saß zwischen den Pflanzen auf dem Boden, nahm einen bedächtigen Zug und blies den Rauch wie ein stummes Jaulen noch bedächtiger zum

Mond hinauf. Wenigstens einmal hätte ich zu ihr hinausgehen und mich neben sie setzen sollen. Das hätte ich tun sollen: auf den Balkon gehen, mich neben sie setzen und sie um eine Zigarette bitten. Wer weiß. Vielleicht hätten wir einen ganz gewöhnlichen Blick getauscht, aber ich mag die Vorstellung, dass ihr in dem Moment dennoch klar geworden wäre, dass ich Bescheid wusste; dass ich ihre Einsamkeit wahrnahm, obwohl sie sie mit solcher Selbstverständlichkeit trug, dass sie zu jeder Jeans und jedem Pulli passte, die sie aus dem Kleiderschrank fischte. Wir hätten nebeneinandergesessen und die Lichter in den Häusern der anderen betrachtet. Wir hätten ein paar Vertraulichkeiten ausgetauscht. Wir hätten über irgendwelchen Blödsinn gelacht, über einen Schatten hinter der Kastanie im Hof oder über eine alte Dame, die nach ihren Katzen ruft, und schließlich hätte eine von uns beiden gesagt, na denn, also, es ist schon spät, gute Nacht – und wir wären schlafen gegangen mit dem Gefühl, einander noch mehr zu gehören, als wir es ohnehin schon taten.

Verlieren Sie dieses Foto bloß nicht«, sagte ich. »Es ist wunderschön.«

Er schüttelte den Kopf. »Ich trage es immer bei mir.«

»Das glaube ich gern. Ich habe dabei eher an mich gedacht. Je älter ich werde, desto schusseliger bin ich.«

»Sie sind doch blutjung.«

»Das ist ja das Problem. Wie soll das erst in vierzig Jahren werden?«

»Mit dem Älterwerden geht vieles verloren.« Er reckte den Schildkrötenhals. »Vor allem Dinge, von denen wir nicht wussten, dass wir sie haben.«

In der Woche, ehe Rachele vom Baum fiel, traf ich den Alten mit dem Foto noch häufig. Immer in der Bar. Immer zum Frühstück. Ich mit meinem Cappuccino und meinem Croissant, er mit seiner Focaccia, die er in den Latte macchiato bröselte. Nach und nach knackte ich seine Schüchternheit. Ich erfuhr, dass er Ernesto hieß. Jedes Mal stürmte ich erhitzt und hungrig vom Markt herein und setzte mich an seinen Tisch, auch wenn woanders ein Platz frei war, und jedes Mal erzählte er mir ein wenig mehr von seinem Leben und von seiner Liebesgeschichte mit Irma, der Theaterkassiererin. Nachdem er ihr lange den Hof gemacht hatte, unter anderem mit kleinen Spanschachteln, die er abends nach dem Essen zu Hause bastelte und in denen er mal eine Blume, mal ein in der Bibliothek abgeschriebenes Gedicht oder Bitterschokoladepralinen aus einer Konditorei in Frascati versteckte, hatten sie sich verlobt und dann geheiratet. Eine einfache Trauung ohne überflüssigen Pomp auf der Insel Ventotene, denn von dort stammte ihre Familie, und die Großeltern, die zu alt waren, um sich fortzubewegen, lebten noch immer dort.

Eines Tages, nachdem er die mit Milchkaffee vollgesogene Focaccia aus dem Glas geangelt und hingebungsvoll darauf herumgekaut hatte, sagte er mir, wie leidenschaftlich und zart zugleich sie einander geliebt hätten; mit welch leiser Stimme Irma sprach, damit das, was sie einander sagten, die Sphäre ihrer Zweisamkeit nicht verließ, und von der Behutsamkeit, mit der sie ihm den Hemdkragen richtete; wie sie sich vierzig Jahre lang um Haushalt und die Finanzen gekümmert und ihm das Gefühl gegeben habe, er würde es tun, eine diplomatische Meisterleistung. »Das wurde mir erst klar, als mich unsere Kinder darauf aufmerksam machten.« Die Würde, mit der sie krank geworden und gestorben war.

»Sehen Sie Ihre Kinder? Leben sie hier in Rom?«

»Das Mädchen ja, Manuela. Aber sie wohnt in einer ganz anderen Gegend. Ruggero lebt in Mailand.«

»Und sehen Sie die beiden?«

»Sie wissen ja, wie das ist. Manuela sehe ich häufiger.

Aber es ist nicht ihre Schuld, sie haben viel um die Ohren, die Arbeit und alles. Sie machen Karriere.« Er klang stolz.
»Was machen sie beruflich?«
»Ruggero ist für einen multinationalen Konzern tätig. An- und Verkauf. Er fährt häufig nach China. Manuela ist Anwältin. Sie sind oft unterwegs. Heute ist jeder viel unterwegs, finden Sie nicht?«
»Mein Vater war beruflich ständig auf Reisen.«
»Ihr Vater ist bestimmt jünger als ich.«
»Ich weiß nicht. Wie alt sind Sie denn?«
»Wollen Sie raten?«
Ich machte ein grübelndes Gesicht. »Über fünfzig?«
Ernesto lachte. »Vierundachtzig.«
»Das sieht man Ihnen kein bisschen an.«
»Nett von Ihnen. Wohin ist Ihr Vater gereist?«
»Überallhin. Er baute Brücken. Aber Sie haben recht. Ich bin auch viel unterwegs. Und mein Bruder wohnt seit ein paar Monaten in Helsinki.«
»Zu meiner Zeit war Reisen beschwerlich. Und unbequem. Holzsitze, die Hitze, die Kälte. Heute ist es, als säße man in einem Wohnzimmer. Ich bin mit meinem Sohn im Zug gereist und …« Er machte eine unbekümmerte Handbewegung.
»Meine Großmutter hat erzählt, sie sei einmal auf Ventotene und zweimal in Florenz gewesen. Nach Rom hat sie es nie geschafft. Sie hat immer in Turin gelebt und ist über Piemont kaum hinausgekommen. Vierzig Jahre

lang sind sie und mein Großvater an dieselben zwei oder drei Orte gefahren. Dabei waren die beiden alles andere als bequem.« Ich habe gefragt, ob Irma und er wenigstens nach Ventotene fuhren.

»Gewiss doch. Jeden Sommer. Als die Kinder noch klein waren. Waren Sie einmal dort?«

»Nein.«

»Dann sollten Sie hinfahren.«

»Versprochen.«

»Ich bin auch schon lange nicht mehr dort gewesen. Vermutlich hat es sich verändert. Dinge ändern sich.«

»Wahrscheinlich ist es touristischer geworden.«

»Ich würde gern noch einmal hinfahren.«

»Vielleicht treffen wir uns dort«, sagte ich.

»Warum nicht?«

»Sollten Sie hinfahren, sagen Sie mir Bescheid, dann komme ich nach, in Ordnung?«

Er hob das Kinn und lächelte mich mit wässrigen Augen an. »Oder Sie fahren hin und erzählen mir davon.«

»Dann sagen Sie mir, was ich mir ansehen soll.«

»Nun ja, die Insel ist winzig. Gehen Sie auf die Piazzetta, und von dort sind Sie in null Komma nichts an der Cala Nave. Meine Frau und ich haben an diesem Strand schöne Stunden verlebt. Manchmal habe ich Zettelchen zwischen den Klippen versteckt, in diesen kleinen Spanschachteln, die ich so gern bastelte. Dort blieben sie dann bis zum nächsten Jahr. Und sie hinterließ dort Zettelchen für mich. Bei unserer Rückkehr gingen wir sie suchen. Bei mir waren es nach wie vor Gedichte aus der Bibliothek, mehr brachte ich nicht zustande. Doch sie schrieb eigene Dinge. Hellsichtige Gedanken. Ein paar habe ich aufgehoben. Sie hängen neben meinem Bett.«

»Zwischen den Felsen?«

»Ja.«

»Vielleicht sind noch ein paar Schachteln dort, die Sie nicht mehr gefunden haben.«

»Das ist durchaus vorgekommen. Es kam vor, dass wir sie nicht mehr fanden.«

»Womöglich hat sie jemand anders gefunden, ein Tourist vielleicht.«

»Meinen Sie?«

»Was der wohl gedacht hat.«

»Ach«, sagte er ausweichend. »Was soll er schon gedacht haben?«

Ich legte die Hand an die Wange. »Und wenn sie noch dort sind?«

Er angelte ein Stück Focaccia aus dem Glas. »Wenn sie noch dort sind, bedeutet das, Irma und ich sind auch noch dort. Für immer.«

Dann, wenige Tage vor dem Sonntag, an dem Rachele vom Baum fiel, ich war im Aufbruch nach Vicenza und machte auf dem Weg zum Bahnhof in der Bar mit den köstlichen Croissants halt, um zu frühstücken, saß an unserem Tisch, an meinem und Ernestos, ein junges Paar mit Kind im Tragesitz, sie blond und mit einer Tätowierung am Hals, er mit Dreads und orangefarbenem Cap. Ich hatte Ernesto eine ganze Weile nicht gesehen, seit mindestens zehn Tagen nicht; zweimal schon war ich dort gewesen, ohne ihm zu begegnen. Ich nahm meinen Cappuccino und das Croissant, stellte mich an die Eistruhe und blätterte durch die Zeitungen. Hin und wieder spähte ich zu dem Paar hinüber – es machte mich neugierig –, und während ich sie heimlich beobachtete, fiel mir etwas ins Auge: An der Grünpflanze, die als Dekoration auf dem Tisch stand, lehnte ein Foto. Ich erkannte es sofort. Ich ließ die Zeitung fallen. Ging an den Tisch und griff wortlos und ohne um Erlaubnis zu fragen zwischen den beiden hindurch.

Es war das Foto von Irma.

Der Vater mit den Dreadlocks und die Mutter mit der Tätowierung starrten mich verständnislos an.

»Hat hier ein Mann gesessen, als ihr gekommen seid?«

»Nein«, sagte sie.

»Niemand«, sagte er. Das Kind nieste.

Ich wandte mich an den Barmann. »Haben Sie den Herrn gesehen, der sonst immer hier sitzt?«

»Wen?«

»Den mit dem Latte macchiato und der Focaccia.«

Er überlegte kurz. »Ich weiß, wen Sie meinen. Nein, heute habe ich ihn nicht gesehen.«

»Aber das hier gehört ihm.« Ich hielt das Foto mit zwei Fingern hoch und wedelte damit.

»Marta.«

Ein Mädchen mit Nasenpiercing lugte hinter der Tramezzini-Vitrine hervor und taxierte mich mit zusammengekniffenen Lidern.

»Der Herr, der normalerweise hier sitzt«, wiederholte ich. »Der, der immer Latte macchiato und Focaccia nimmt. Den haben Sie auf jeden Fall schon mal gesehen.«

Das Mädchen starrte mich ausdruckslos an und wartete auf die Frage.

»Dieses Foto«, sagte ich. »Es gehört ihm.«

Ihre Miene leuchtete auf, als hätte man einen Schalter umgelegt. »Aber klar! Dann sind Sie das. Ja. Das Foto ist für Sie.«

»Wie …?«

»Das da«, sagte sie und zeigte darauf.

»Ich verstehe nicht.«

»Sie haben immer zusammen gefrühstückt, richtig? Er hat das Foto dagelassen und gesagt, ich soll es Ihnen geben, wenn Sie kommen, denn das würden Sie bestimmt. Aber weil ich mich nicht mehr genau an Ihr Gesicht erinnern konnte und Angst hatte, Sie nicht zu erkennen, habe ich das Foto auf den Tisch gestellt, weil ich wusste, da würden Sie es sehen. Das war ja Ihr Stammplatz. Dann haben Sie es also gefunden …« Sie strahlte.

»Moment, warten Sie. Wann war das?«

»Wann wird das gewesen sein? Vor drei oder vier Tagen.«

»Vor drei Tagen war ich hier.«

»Signora, was soll ich Ihnen sagen, wir machen schließlich keine Fotos von allen, die hier ein und aus gehen.« Ihr Nasenpiercing funkelte eigentümlich, und sie hatte mich »Signora« genannt: Es war alles gesagt. Zwecklos, zu fragen, ob sie wüssten, wo ich ihn finden könnte. Ratlos stand ich da, das Foto in der Hand, dann gab ich mir einen Ruck, schnappte meine Tasche und machte mich auf den Weg zum Bahnhof. Im Zug betrachtete ich es ununterbrochen. Das Schwarz-Weiß. Irmas Gesicht. Die Art, wie sie an der Hauswand lehnte und mit einer Hand ihren Hut festhielt, damit ihn der Wind nicht vom Kopf wehte. Das verschmitzte Lächeln. Das verwitterte Stück Fensterladen. Der Blumentopf. Die Gasse, an deren Ende man das Meer erahnte. Das senkrechte Frühnachmittagslicht. Auf der Rückseite stand etwas geschrieben: »Die ganze Nacht habe ich geschlafen mit dir, nahe dem Meer, auf der Insel«.

Als ich in Vicenza angekommen war, in dem Hotel gegenüber der Basilica Palladiana, ging ich duschen und legte mich aufs Bett, um an meinem Workshop zu arbeiten, doch weil ich mich nicht konzentrieren konnte, rief ich Jawad an. Ich erzählte ihm von Ernesto und dem Foto. Er sagte, ich solle es ihm beschreiben. Ich las vor, was auf der Rückseite stand.

»Ich glaube, es ist in Ventotene aufgenommen.«

»Sonst weißt du nichts über ihn?«

»Nur seinen Namen. Ich kenne nicht mal den Nachnamen. Ernesto, sonst nichts. Dass er zwei Kinder hat, eines in Rom und eines in Mailand. Dass er auf der Insel geheiratet hat. Ich glaube, die Tochter heißt Manuela und er … Nein, der Name des Sohnes fällt mir nicht mehr ein. Sie ist Anwältin.«

»Vielleicht taucht er wieder auf.«

»Wieso hat er mir dann das Foto dagelassen?«

»Als Geschenk?«

»Weißt du, was ich glaube? Der Satz auf der Rückseite wurde erst vor Kurzem geschrieben. Ich glaube, er hat ihn für mich geschrieben …«

»Ach komm!«

»Ich schwör's dir. Na bitte. Jetzt glaubst du, ich habe mir alles nur ausgedacht.«

»Dann geh wieder in die Bar. Gib ihm Zeit.«

»Aber ich bin in Vicenza.«

»Wenn du aus Vicenza zurück bist …«

In dem Moment überkam mich der zehrende Wunsch,

er, Jawad, käme zurück, er würde aus London zurückkehren und bei mir sein. Wie gern hätte ich ihn an meiner Seite gehabt. Ich wollte mit ihm reden, mit leiser Stimme, wie Irma es mit Ernesto getan hatte; ich wollte ihm den Hemdkragen richten. Und ihm beweisen, dass wir zusammenleben konnten.

Elena schlug die Augen auf und hatte zunächst keinen Schimmer, wo sie war; als es ihr wieder einfiel, presste sie die Fingerspitzen auf die Lider und dachte: nicht zu fassen. Da ging sie mit ihrem Sohn zu einem Fremden mittagessen und schlief wie ein kleines Mädchen auf dessen Sofa ein. Was war bloß in sie gefahren? Und wo waren Gaston und der Hausherr? Sie bekam Angst. Zahllose Geschichten, Filme, Verbrechensmeldungen stiegen vor ihrem inneren Auge auf. Was hatte sie getan? Sie rappelte sich hoch und spürte, wie ihre Knie zitterten und das Herz pochte, prall wie ein Ochsenherz. Sie brachte keinen Ton heraus. Sie trat in den Flur. Aus einem Zimmer waren Geräusche zu hören. Sie spähte hinein, und schlagartig entspannten sich ihre Muskeln. Jede einzelne Faser ihres Körpers.

»Hey«, sagte sie.

Gaston hockte auf dem Boden und bepinselte ein Stück Pappe. »Schau mal, was wir gemacht haben.« Er zeigte auf die Quarterpipes aus Pappe und Plexiglas und auf eine Pyramide mit zwei Rampen und einem Geländer.

»Na, aber …?«

Papa stand mit dem Rücken zu ihr und sägte ein Holzstäbchen zurecht. »Wissen Sie«, sagte er, »Gaston ist handwerklich sehr begabt.« Er warf ihr einen Blick über die Schulter zu. »Haben Sie sich ausgeruht?«

»Es tut mir leid.«

»Was denn?«

»Einfach so einzuschlafen ...«

»Offenbar hatten Sie es nötig.«

Elena schaute sich um. Lugte neugierig in die Regale. Gaston war ganz in seine Arbeit vertieft, und sie blieb hinter ihm stehen und sah ihm unbemerkt zu. Versonnen nahm sie die beiden in den Blick. Beide, den Mann und den kleinen Jungen, und ein Schwall Wehmut und Dankbarkeit stieg ihr in die Brust. Ihr ging auf, wie bitter sie die Harmonie vermisste, die in dieser Szene lag; eine uralte Wärme, die sie, hätte sie das Wort dafür gefunden, zärtlich genannt hätte; doch sie war nicht der Mensch für passende Worte. War es nie gewesen. Sie vermochte zu *spüren*, wahrzunehmen, sich auszudrücken jedoch weniger. Elena gab sich eher in Gesten als in Worten zu erkennen.

Sie hatte sich stets für verlässlich gehalten. Das war das Erste, was sie bei Vorstellungsgesprächen ins Rennen warf. Verlässlichkeit. Das hatte man ihr in der Grundschule oder Mittelschule ins Zeugnis geschrieben: Elena ist ein verlässliches Mädchen. Das hatte ein Volleyballtrainer zu ihr gesagt, der sie mit dreizehn in seiner Mannschaft haben wollte, obwohl sie mit Körpergröße nicht hatte punkten können: Den anderen Spielerinnen hatte er erklärt, Eingebungen und gelegentliche

Geniestreiche seien nicht genug, es gehe auch darum, im richtigen Moment am richtigen Ort zu sein. Die anderen machten sich über sie lustig und nannten sie Verlässlichkeitskonzentrat, mit Betonung auf *Konzentrat.* Intensiv wie ein kurzer Espresso. Und sie lachten. Die kleine Elena hätte ihnen am liebsten entgegengehalten, nicht sie sei klein, sondern die anderen überdurchschnittlich groß; wäre sie schlagfertiger gewesen, hätte sie sie mit Blümchenkaffee verglichen, doch Worte waren, wie gesagt, nicht ihre Stärke.

»Ich gehe ins Bad«, sagte sie.

»Die letzte Tür ganz hinten«, erwiderte mein Vater.

Sie wusch sich das Gesicht. Musterte sich im Spiegel. Verspürte Neugier, einen Blick in das Medizinschränkchen werfen, und öffnete es behutsam: Aspirin, Hustenlöser, Melatonin- und Baldriantropfen. Mit dem Finger fuhr sie über die in einem Regal gestapelten Handtücher.

Als sie aus dem Bad trat, fiel ihr Blick auf die geöffnete Schlafzimmertür, und sie spähte hinein; an der hinteren Wand hing ein kleines Bild mit mehreren Fotos, einer dieser Rahmen mit vorgestanzten Passepartouts. Aus dem Arbeitszimmer drangen sachte Laute, Gegenstände, die aus der Hand gelegt wurden, die Stimme meines Vaters, der Gastons Arbeit kommentierte. Sie betrat das Zimmer. Ging zu dem Bild: mein Vater und meine Mutter am Meer, auf einer Vespa, auf dem Balkon, an den Murazzi; eines zeigte uns alle fünf kurz nach Alessandros Geburt. Sie betrachtete meine Mutter und dachte, dass sie eine faszinierende Frau war – so gestand sie mir –, doch wäre sie mit ihr wohl nur schwer warm geworden. Was nichts heißen sollte, sie war einfach nur anders. Und dann ging ihr etwas durch den Kopf, für das sie sich sofort schämte. Sie dachte, dass sie zwar tot war, aber immerhin hätten sie und mein Vater über dreißig Jahre miteinander verbracht. In dieser Zeit, die ihr unglaublich großzügig erschien, hatten sie einander geliebt, das Bett geteilt, neben dem sie gerade stand und die darin gesammelte Wärme wahrnahm, und die Chance gehabt, gemeinsame Erinnerungen zu erschaffen, von denen er jetzt zehren konnte.

Sie beneidete sie. Sie beneidete sie beide.

Es war nicht fair, dass sie und Olivier nur so wenig Zeit gehabt hatten.

Sie umrundete das Bett – das Kopfteil aus dunklem Holz passend zur Kommode –, machte kehrt und blieb vor dem Nachttisch stehen. Sie zog die oberste Schublade auf: Taschentücher, eine Digitaluhr, eine Schachtel mit Perlmuttdeckel; sie lupfte den Deckel und sah, dass sie leer war. Die Nachttischlampe aus Messing mit dem Lampenschirm aus senffarbenem Stoff stammte aus den Fünfzigern – sie hatte meinen Großeltern gehört. Sie knipste sie an. Knipste sie aus. Trat ans Fenster und schaute hinaus. Das Zimmer ging auf den Lungo Po Antonelli hinaus. Sie betrachtete den Fluss, die Collina, und musste daran denken, wie sie mit Olivier einmal oberhalb von Cavoretto spazieren gegangen war, und in diesem Schlafzimmer, das nicht ihres war, vermisste sie ihn plötzlich so heftig, dass ihr beinahe die Tränen gekommen wären. Doch dann schlüpfte Gastons Lachen wie ein Gespenst durch die Wand, und sie riss sich zusammen.

Sie wollte gerade wieder hinausgehen. Auf einer der Konsolen neben der Tür stand eine hölzerne Schachtel, ähnlich der in der Nachttischschublade. Sie stand einen Spalt offen, eine Halskette war unter dem Deckel eingeklemmt. Sie öffnete sie. Mamas Ketten. Sie waren schön: vielleicht nicht unbedingt wertvoll, aber schön. Da entdeckte sie zwischen den anderen eine Kette mit einem eiförmigen Anhänger aus grün und rot gemasertem Halbedelstein. Sie traute ihren Augen nicht. Sie hörte, wie mein Vater eine Bemerkung zu Gastons Arbeit machte. Sie hielt sich die Kette an den Pullover. Gaston antwortete: »Klar! Wie blöd von mir!« Das Zimmer hatte keinen Spiegel: Seltsam, dass es in einem Schlafzimmer keinen Spiegel gab. Ihr Herz pochte wild. Heftig atmend versuchte sie sich im Fensterglas zu erkennen, doch weil es Tag war, erhaschte sie nur einen flüchtigen Schimmer ihrer selbst, ähnlich unserer Vorstellung von der Seele.

Dahinter sah sie die Bäume der Collina. Sah, wie sie sich unter der Last des Windes bogen.

In dem Moment hörte sie einen heftigen Knall. Gefolgt vom Klirren berstenden Glases.

Es war ein Herbstnachmittag, Elena und Olivier waren zu Hause. Gaston war erst wenige Monate alt und schlief in eine Decke gehüllt auf dem Sofa. Elena hockte auf einem hohen Barstuhl, den sie irgendwann neben den Müllcontainern gefunden und mit nach Hause genommen hatten. Sie wartete auf das Kochen des Teewassers. Olivier kauerte auf dem Fußboden und reinigte die Ausrüstung für die Proben zu einer neuen, an Saint-Exupéry inspirierten Straßenshow: Karabiner und Seile, um sich damit an einen Balkon zu hängen.

»Am liebsten würde ich keinen Thunfisch mehr essen«, hatte Elena gesagt, während sich am Topfboden allmählich Luftbläschen sammelten.

»Warum?«

»Wegen des Quecksilbers. Thunfische sind große Fische, in denen sammelt sich eine Menge davon. Außerdem landen in den Fangnetzen auch Delfine.«

Olivier hatte die Faust in der Luft gereckt und losgegrölt. »*Buh!* Nieder mit dem Thunfisch. *Shame on you!*« Dann hatte er sich wieder darangemacht, die erforderliche Menge Seilreiniger in eine Schüssel mit Wasser zu gießen, behutsam umzurühren, damit sich kein Schaum bildete, und eines der Seile, ohne es zu verheddern, darin einzutauchen.

»Blödmann, mach dich nur lustig. Und außerdem sind nicht die Thunfische das Problem. Sondern die großen Fischereikonzerne. Die Thunfische sind unschuldig.«
»Ich mache mich nicht über dich lustig, Prinzessin.« Olivier hatte sie mit Unschuldsmiene angesehen, die Lippen gespitzt und ihr einen Luftkuss zugeworfen, gefolgt von diesem Lächeln, das er einmal Gaston vererben sollte. »Und welchen Fisch soll man dann essen?«
»Da gibt es einige. Fettfische zum Beispiel. Oder Makrelen. Makrelen sind kein Problem. Oder Polyp.«
Olivier hatte die Hände im Wasser und massierte das Seil, um den Schmutz auszuwaschen. »Es heißt Pulpo, nicht Polyp.«
»So ein Quatsch!«
»Ich schwöre. Auf meine fischenden Vorfahren.«
»Dieser rosafarbene …« mit den Fingern hatte Elena die Tentakel gemimt.
»Aus dem man den Salat mit Kartoffeln macht. Genau der.«
»Und der Polyp?«
»Nun, abgesehen von den Auswüchsen an seinem Hals oder an anderen unsäglichen Stellen ist er auch ein Tier, aber anders. Er ähnelt einer Blume. Ich glaube, er kann sich nicht mal bewegen.«
»Erklär mir das … So etwas weißt du, aber du wusstest nicht, dass man keinen Thunfisch essen sollte?«
»Ich wusste es. Ich hab's irgendwo gelesen.«

»Und du hast es mir nie gesagt?«

Olivier hatte den Kopf schief gelegt. »Tut mir leid. Von dem Problem habe ich mich nie betroffen gefühlt.«

»Aber mich betrifft es sehr wohl. Ich will wissen, was man essen kann und was nicht. Für uns und für Gaston. Vor allem für Gaston. Ich will ihm nichts Falsches geben.«

»Ist doch irre, findest du nicht? Unfassbar, dass es in der Natur ungenießbare Nahrung gibt. Ich meine, bei verarbeiteten Lebensmitteln wundert es mich nicht. Aber das Meer. Der Fisch. Die Natur ist ein einziges großes Fressen. Große Tiere fressen kleine Tiere, Vögel picken das Obst von den Bäumen.«

»Wir sind das Problem. Wir verschmutzen die Umwelt. Haben keinen Respekt.« Elena hatte die Flamme abgedreht und das Wasser in zwei große hellblaue Tassen gegossen, die es bei einer Treuepunkt-Aktion im Supermarkt gegeben hatte. »Wir sollten uns einen Ort suchen, der noch nicht verschmutzt ist, wenn es den überhaupt noch gibt.« Auf einem Tellerchen lagen benutzte Teebeutel zum Trocknen. Sie hängte sie in die Tassen. »Wir sollten es einfach machen.«

»Wieso nicht?«

»Eben«, sagte sie. »Wieso nicht.«

»Wir können hin, wo wir hinwollen.«

Sie hatte sich zu ihm umgedreht und sich gegen den Herd gelehnt. »Sag das noch mal.«

Olivier hatte das Seil aus dem Wasser gezogen und es

spiralförmig auf ein auf dem Boden liegendes Handtuch gelegt. »Wir können leben, wo wir wollen.«
»Dann lass uns an einem sauberen Ort leben. Lass uns einen finden.«
»Gut.«
»Schwörst du es auf deine fischenden Vorfahren?«
»Auch auf meine sammelnden Vorfahren.«
Elena hatte einen Teelöffel Honig in eine der Tassen getaucht. Olivier war vom Boden aufgestanden, hatte sie an sich gezogen und die Arme um ihren Bauch geschlungen. Sie hatte an seinen Händen geschnuppert, die nach Seife rochen. »Ich werde ein unberührtes Reich erobern«, hatte er gesagt, »und von der Prinzessin wirst du zur Königin.« Er war zur Garderobe gegangen und hatte einen Stein aus der Jackentasche gezogen, der grün und rot gemasert war und aussah wie Marmor.
»Was ist das?«
»Habe ich gestern an einem Stand gefunden. Gefällt er dir?«
Elena hatte ihn zwischen den Fingern gedreht. »Er ist wunderschön. Was ist das für ein Stein?«
»Keine Ahnung. Aber er hat mich an dich erinnert.«
»An mich? Warum denn das?«
Olivier hatte mit den Achseln gezuckt. »Ich weiß nicht. Es ist, als würde er zur Erde gehören. Das ist alles.«
»Und du findest, ich gehöre zur Erde?«
»Klar«, sagte Olivier. Er spreizte die Finger, als wären sie Wurzeln, schnitt eine Grimasse und musste lachen.

»Wir könnten daraus einen Anhänger machen.«
»Genau das habe ich auch gedacht.«
»Weißt du, wer so was kann?«
»Da gibt es einen Typen im Quadrilatero. Wir kennen uns. Den werde ich fragen.«
»Einen Anhänger aus diesem Stein fände ich wahnsinnig schön. Ich könnte ihn an einer Lederschnur tragen. Ich habe doch dieses indische Kleid, es hat denselben Grünton.« Sie hatte Olivier den Stein zurückgegeben, dann hatten sie sich hingesetzt und Tee getrunken. Gaston war aufgewacht und hatte Hunger. Obwohl beide gern Musik hörten, hatten sie das Radio stumm gelassen; sie verharrten versunken in ihren Geräuschen, denen ihrer Körper und denen des Hauses.
Als Olivier gestorben war und der Sarg geschlossen werden sollte, hatte Elena darum gebeten, den Deckel noch einmal anzuheben; sie hatte den Anhänger von der Kordel gezogen und ihm zwischen die Finger geschoben.
Er sollte etwas von ihr haben, das er auf ewig festhalten konnte.

Die Erinnerung bewegte sich langsam. Als sie verblasste, stürzte Elena nach nebenan, um nachzusehen, was passiert war, ohne darüber nachzudenken, was wohl der Hausherr sagen würde, wenn er sie aus dem Schlafzimmer kommen sähe. Doch mein Vater bekam davon nichts mit, er und Gaston waren ihr zuvorgekommen und bereits in der Küche, wo der Wind das schadhafte Fenster mit Blick auf die Collina aufgedrückt und gegen ein Wandbord geschmettert hatte, sodass die Scheibe zersprungen war. Gerade wollte Elena Gaston am Sweatshirt zurückziehen und sagen, er solle sich nicht vom Fleck rühren und aufpassen wegen der Scherben. Da merkte sie, dass sie die Kette noch in den Fingern hielt. Sie wurde rot. Hastig stopfte sie sie in ihre Jeanstasche.

»Das gibt's ja nicht«, sagte mein Vater. »Was ist denn heute los?«

»Ich helfe Ihnen«, sagte Elena. »Haben Sie zwei Besen und ein Kehrblech?«

»Himmel noch eins, das hat gerade noch gefehlt. Was kommt als Nächstes? Heuschrecken?«

Er verschwand kurz in der Kammer. Die Splitter lagen überall. Sie machten sich an die Arbeit.

»Bestimmt gab es Durchzug«, sagte Elena.

»Wie denn? Hier stand doch gar nichts offen.«

»Vielleicht war es nicht richtig zu.«

»Kann sein. Der Griff war defekt. Ich wollte ihn schon seit einer Ewigkeit reparieren … dort, passen Sie auf.«

Elena bückte sich und hob mit spitzen Fingern eine Scherbe auf, der große, steinerne Anhänger drückte ihr in die Leiste. Da entdeckte sie etwas unter einem Stuhl. »Schauen Sie mal.«

Es war das marokkanische Prisma. Der Stoß hatte den Nylonfaden durchgerissen. Papa legte es in die flache

Hand und betrachtete es: Es war geborsten. »Es ist geborsten«, stellte er fest, und in seiner Stimme lag kindliches Staunen, als wäre ein Zauber gebrochen.

Sie brauchten eine ganze Weile, um alles in Ordnung zu bringen. Überall lagen Splitter. Nachdem sie sie zusammengefegt und aufgekehrt hatten, gingen sie mit dem Staubsauger hinterher, dann kramte mein Vater in der Kammer und im Arbeitszimmer, kehrte mit Paketklebeband und Pappe zurück und dichtete damit das Fenster ab. Gaston war verschwunden, um an seinem Mini-Skatepark weiterzubasteln.

Als sie endlich fertig waren, setzte Papa Kaffee auf. Er und Elena setzten sich an den Küchentisch und warteten auf das Gurgeln der Espressokanne. Wegen der Pappe hatten sie das Licht angeknipst. Schweigend saßen sie da. Elena entdeckte eine Salzlampe in der Ecke und fragte, ob sie die auch anschalten dürfe, und die Espressokanne und der Wind und das orangefarbene Licht der Salzlampe schufen eine seltsame Stimmung. Papa versuchte, sich zu entspannen, und stellte das Radio an, und eine nach Zigarren klingende Reibeisenstimme erfüllte das Zimmer. Er hatte schon immer gern Radio gehört, vor allem Wort- und Nachrichtensender. Der Sprecher berichtete von einer Riesenschildkröte, die in Vietnam gefangen worden sei, und dass laut einer Legende ein ähnliches Exemplar einem alten Herrscher geholfen habe, einen Angriff der Chinesen abzuwehren.

Mein Vater musste grinsen. Elena blickte ihn fragend an.

»Es ist wegen der Stimme«, sagte er. »Die klingt auch wie eine Schildkröte.«

Er goss den Kaffee in zwei Gläser. Der Sprecher schaltete weiter zu einer Frau: Nachrichten zu Industrievereinbarungen und Wirtschaftspolitik – »die Bereiche, in denen sich der Mensch wohl auch weiterhin nicht durch Maschinen ersetzen lassen wird, heißen Bildung und Gesundheit. Zwar werden medizinische Behandlungen immer häufiger durch technische Verfahren unterstützt, doch wird man auf den Menschen, der den Patienten betreuen und ihm die richtigen Medikamente verabreichen kann, nicht verzichten können«.

»Sehen Sie«, sagte mein Vater. »Krankenschwestern.«

Elena schüttelte abwehrend den Kopf.

»Aber ja doch.«

»Wenn Sie nicht damit aufhören, mache ich es womöglich noch.« Sie lachte. »Trauen Sie mir das zu?«

»Was denn?«

»Dass ich wieder anfange zu studieren.«

»Natürlich traue ich Ihnen das zu.«

»...«

»Wieso denn nicht?«

»Na ja, meinen Vater würde ich jedenfalls glücklich machen.«

»Ihren Vater?«

»Ja.«

»Lebt er noch?«
»Ja.«
»Oh …«
»Finden Sie das seltsam?«
»Ich weiß nicht, vorhin, als Sie von Ihrer Mutter sprachen, klang es so, als wäre Ihr Vater nicht mehr am Leben.«
»Und ob er das ist. Er lebt in Rom. Meine Eltern haben sich getrennt, als ich in der Mittelstufe war. Er hat eine neue Familie gegründet, arbeitet viel. Wir telefonieren. Ich sehe ihn nicht oft, aber wir hören voneinander. Wir sind uns sehr nahe, das weiß ich.«
»Was macht er?«
»Er hat einen Marktstand. Seifen, Parfüms, Schwämme. Immer nur das. Er hat davon geträumt, dass ich aufs Gymnasium und zur Uni gehe. Das war sein größter Traum, deshalb habe ich das vorhin gesagt. Er hatte auch die Chance dazu. Mein Großvater war genau wie er. Er war sein Leben lang Arbeiter und stellte sich vor, sein Sohn würde es einmal zu mehr bringen als zu einem Marktstand.«
»Und weshalb ist er nicht zur Uni gegangen?«
»Ein Jahr lang hat er studiert. Am Anfang war er gut, aber dann ist er durch eine Prüfung gefallen, dann durch eine zweite und dritte und …«
»Welches Fach?«
»Mathematik.«
»Und dann?«

»Und dann hat er immer weniger gelernt und sich nichts mehr zugetraut. Das hat er mir zumindest immer erzählt. Er hat die Vorlesungen sausen lassen. Ist morgens nicht mehr aus dem Bett gekommen. An manchen Tagen ist er nicht einmal zum Essen aufgestanden. Er war depressiv. Und das ist nicht nur so dahergesagt, er war es wirklich. Und wusste nicht, weshalb. Er hatte gar keinen Grund. Er hatte eine wunderbare Familie, und jeder setzt mal eine Prüfung in den Sand. Aber nichts zu machen. Bis eines Tages mein Großvater in sein Zimmer kam, die Fenster aufriss und sagte, es sei ihm inzwischen völlig wurst, ob er seinen Uniabschluss mache oder nicht, er solle einfach nur aufstehen und an die Luft gehen. Sich eine Arbeit suchen. Das sei auch in Ordnung. Das hat er getan und einen Job auf dem Markt gefunden, und von dort ist er nicht mehr weggekommen. Aber ich weiß, dass er ein schlechtes Gewissen hat. Er hat sich sein Leben lang mies gefühlt, weil er nicht weiterstudiert hat. Er hat gehofft, ich würde ihn erlösen. Den Fehler machen Eltern bei ihren Kindern oft, wie nennt man das noch?«

»Projektion?«

»Ja, genau. Sie projizieren ihr eigenes Scheitern auf ihre Kinder. Oder ihre eigenen Wünsche.«

»Ich glaube, das ist ganz normal.«

»Aber es ist falsch.«

»Falsch«, brummte mein Vater. »Ich weiß nicht. Kommt darauf an.«

»Und worauf?«
»Nehmen wir das Scheitern. Ihr Vater wusste, was ein Studienabschluss bedeutet hätte, und musste den Schmerz der vertanen Chance am eigenen Leib erfahren. Natürlich hat er gehofft, seine Tochter würde nicht den gleichen Fehler machen. Und was die Wünsche angeht: Ist es nicht normal, dass wir das, was uns glücklich macht, mit geliebten Menschen teilen wollen?«
»So gesehen, haben Sie recht. Aber ich meine etwas anderes.«
»Eltern, die das Leben kennen, haben das Bedürfnis, ihre Erfahrungen mit den Kindern zu teilen. Damit sie nicht die gleichen Fehler machen. Um eine Leidenschaft zu teilen.«
»Wie haben Sie das gehandhabt?«
»Ich? Bei meinen Kindern?«
»Ja.«
Mein Vater atmete durch die Nase ein und aus. »Wie habe ich das gehandhabt?« Seine Züge spannten sich, und sein Blick wanderte suchend über die Tischplatte, um sich an irgendetwas festzuhalten: Sie fanden einen Riss im Holz. Er legte einen Finger darauf und spürte die rauen Kanten; bedachtsam fuhr er den Riss nach, zuerst in die eine Richtung, dann in die andere, und suchte vergeblich nach seinem Ursprung. In meiner Vorstellung geht ihm dabei Folgendes durch den Sinn: dass der Ursprung in der Mitte liegen könnte. Dass der Riss vielleicht in beide Richtungen gewachsen war.

Als Mama den Unfall hatte, war mein Vater nicht da. Er war in Venezuela. Bei seiner Geliebten? Ich weiß es nicht. Als sie starb, war mein Vater sechsundsechzig Jahre alt: Denkt man sich in diesem Alter noch eine berufliche Verpflichtung aus und verschwindet zu seiner Geliebten nach Venezuela? Wieso nicht? Klar tut man das. Was wohlgemerkt aber nicht heißen will, dass es wirklich so war, das weiß nur er. Ich habe eine Menge darüber nachgedacht. Ich. Bei Sonia und Alessandro habe ich meine Zweifel, und ich kreide es ihnen nicht an: Jeder ist anders. Aber ich habe es schon getan, vielleicht liegt das an meinem Beruf und an den Geschichten, die ich mir ausdenke und umschreibe und in Szene setze, bestimmt sogar, jedenfalls habe ich mir über jene Tage und die folgenden den Kopf zerbrochen. Und auch über diese Frau.

Ich habe mich gefragt, ob sie ein Kind zusammen hatten, oder vielleicht mehr als eines. Gibt es in Venezuela eine Familie wie unsere? Kinder, die unseren Nachnamen tragen? Und die inzwischen keine Kinder mehr wären. Die zwanzig Jahre lang auf die Rückkehr unseres Vaters gewartet haben, der auch der ihre ist, so wie wir auf ihn gewartet haben? In den Momenten, in denen meine Wut die Oberhand gewinnt, stelle ich sie mir wie die spiegelverkehrte Familie von Coraline vor,

die aussieht wie wir, nur mit Knöpfen anstelle der Augen: die andere Mutter, der andere Bruder, die andere Schwester. Nur er, Papa, ist derselbe. Ich male mir aus, dass er gar nicht mit dem Flugzeug nach Venezuela reiste und nur so getan hat, als würde er zum Flughafen fahren, in Wirklichkeit aber mit dem Koffer in den Keller ging, und dort, hinter den Barbaresco- und Nebbiolo-Flaschen, befand sich eine Tür, und hinter der Tür ein langer, von knisternden Fackeln beleuchteter Gang, durch den er zu Fuß in das Haus der anderen Familie in San Fernando oder wo auch immer gelangte.
Papa tritt aus einer Tür unter einer venezolanischen Treppe und klopft sich die Spinnenweben ab.

ER Ola, llegué …
SIE Qué bien, mi amor. ¿Cómo estás?
ER Cansado y hambriento.
KINDER (*rennen*) Papá, Papá …
SIE ¿Quién llegó, niños?
KINDER Papá. Papá llegó.
ER (*umarmt sie*) ¿Y estos? ¿Quiénes son, eh?

Er war seit rund zehn Tagen fort und sollte nach zwei Wochen wieder zurück sein. An dem Morgen war Mama wie gesagt mit der Sonne auf der Haut erwacht. Ich war unangekündigt nach Hause gekommen. Auf dem Rückweg von einer Spanientournee nach Rom hatte ich beschlossen, ein paar Tage zu Hause Station zu machen.

Ich hörte, wie sie aufstand und in die Küche ging. Gähnend stieg ich aus dem Bett. Tastete mit den Füßen nach meinen Pantoffeln. Ich fand nur einen. Also ging ich barfuß hinüber. Als sie mich sah, hob sie den Arm wie einen Deckenzipfel, und ich schmiegte mich darunter und ließ mich umfangen.

»Mein kleines Mädchen«, sagte sie und küsste mich aufs Haar.

»Dein kleines Mädchen braucht literweise Kaffee.«

»Gestern Abend hast du den Mund nicht aufgekriegt.«

»Nur um zu essen. Ich kann mich kaum erinnern, wie ich hierhergekommen bin. Wie bin ich hierhergekommen?«

Sie ließ mich aus ihrer Umarmung schlüpfen. »Du bist den Brotkrumen gefolgt.«

Während sie für uns beide die große Espressokanne aufsetzte, erzählte ich ihr von Madrid und der Bühnenversion von *Wild leben.* Sie stellte mir viele Fragen. Ich liebte sie auch und vor allem, weil sie immer viel fragte. Sie ging den Dingen gern auf den Grund. Sie durchforstete, was wir sagten, und machte sich manchmal sogar Notizen, schrieb sich Filmtitel, Bücher oder Orte auf, über die sie im Internet recherchieren konnte. Wir waren ihre Abgesandten. Ich, meine Geschwister, Papa. Wir reisten, entdeckten, kämpften. Während sie daheimblieb und sicherstellte, dass der Kamin loderte und Wasser auf dem Feuer stand, stets bereit, uns aufzunehmen und zu umsorgen. Sie bat uns zu erzählen.

Um mittelbar zu erleben, was wir erlebt hatten. Um von unseren Erfahrungen zu zehren.

»Es ist also ein Theaterstück darüber, wie sich eine Wirtschaftskrise auf innerfamiliäre Beziehungen auswirkt?«, fragte sie. Das tat sie oft. Sie hörte zu und rekapitulierte den Gedanken mit ihren eigenen Worten, um ihn besser erfassen zu können. Hätte sie die Chance gehabt, wäre sie bestimmt eine großartige Populärwissenschaftlerin geworden, oder vielleicht eine Ghostwriterin, die Reden für Politiker verfasst: Wenn man ihr die richtigen Informationen gab, wusste sie sie auf den Punkt zuzubereiten und zu servieren.

»Richtig«, sagte ich. »Ganz genau.« Mit der Hand mimte ich den sich öffnenden Vorhang. »›Im Herbst 1960, als ich sechzehn war und mein Vater eine Zeit lang nicht arbeitete, lernte meine Mutter einen Mann namens Warren Miller kennen und verliebte sich in ihn‹. So fängt es an«, sagte ich. »Wir haben das Jahr 1960 in die Gegenwart verlegt. Wegen des Klimawandels mussten wir die Brände in Montana nicht einmal verändern. Wir haben sie nur an einen anderen Ort versetzt, weil das Theaterstück in Galicien spielt.«

»Nicht in Italien?«

»Auch. Die italienische Version spielt in Sizilien.«

»Und wie endet die Liebesgeschichte der Mutter?«

»Sie endet nicht. In Wirklichkeit fängt sie gar nicht erst an. Auch sie ist der Beginn eines Brandes. Ein Aufschrei.«

»Die Eltern des Jungen lassen sich also nicht scheiden.«

»Für eine Weile trennen sie sich. Die Mutter geht von zu Hause fort. Sie lässt den Sohn bei ihrem Mann und verschwindet für ein paar Jahre. Hin und wieder schreibt sie einen Brief. Bis sie eines Tages wie aus dem Nichts wieder auftaucht, und obwohl die Beziehung zwischen ihr und ihrem Mann nicht mehr dieselbe ist, beschließen sie, dass sie etwas in sich tragen, oder besser, dass es in ihrem Zusammensein etwas gegeben hat, das es zu bewahren gilt. Auch wenn nicht alles eitel Sonnenschein ist, ist ihnen das genug. Der Sohn begreift nicht recht, was passiert ist. Aber das geht wohl allen Kindern so.«

Ich weiß noch, dass ich vergeblich auf eine Antwort wartete. Auf ein Urteil wie »Klingt gut«, oder »Ein Glück«, oder »Recht so«. Es entsprach ihrem Wesen. Sie stand immer auf der Seite dessen, was war, was gewesen war und was es zu bewahren lohnte: Jeder Schaden konnte behoben, jeder Riss gekittet werden, womöglich auf die japanische Art namens *kintsugi*, von der ihre Origamilehrerin erzählt hatte, bei der man Zerbrochenes mit Goldlack repariert und die Verletzung damit wertvoll macht. Doch Mama hatte nichts gesagt, sie hatte geschwiegen, höchstens ein floskelhaftes »Genau« gemurmelt und war aufgestanden, um die Espressotassen zu spülen. Sie hatte einen Keks aus einer Dose gefischt, ihn aufgeknabbert und das Thema gewechselt. Sie sagte, dummerweise habe sie sich verabredet, weil sie nicht gewusst hätte, dass ich komme, und das tue ihr sehr leid.

»Ich treffe mich mit Sabrina. Erinnerst du dich an sie?«

»Deine alte Schulfreundin?«

»Ich besuche sie in ihrem neuen Haus auf dem Land. Findest du es blöd, dass ich dich alleine lasse?«

»Ach Quatsch, gar nicht.«

»Wenn ich's gewusst hätte …«

»Mach dir keinen Kopf. Ich muss eh arbeiten. Sehen wir uns zum Abendessen?«

Ich habe mir den Sattelschlepper angesehen, der die Tanks geladen hatte. Ich habe die Spanngurte gesehen, die von den Be- und Entladern nicht richtig festgezurrt worden waren oder die sich durch das heftige Ruckeln womöglich gelöst hatten, und auch die von der Halterung des Aufliegers zerfetzten rutschfesten Matten. Ich habe den Lieferwagen gesehen, der in Mama hineingekracht ist, und das Auto, unseren alten Audi. Ich habe es gesehen, weil es mir unmöglich war, den Dingen keine Form zu geben, ich wollte die Farben und Größen kennen. Das Böse beim Namen nennen.

»Da bin ich«, sagte Papa ins Telefon. »Und?« Sein Herz wummerte wie das eines Pferdes nach einem Galopp durch die Wüste.

»Nichts«, sagte Sonia. »Es gibt keine Ergüsse.«

»Die Kopfschmerzen?«

»Vielleicht die Aufregung.«

Papa setzte sich. Stützte den Ellenbogen auf den Tisch und die Stirn in die Hand. »Ein Glück.« Das Handy hatte geklingelt, als er gerade mit Elena Kaffee trank.

»Und jetzt?«

Er hörte, wie Sonia das Telefon sinken ließ und etwas zu Marco sagte, und dann: »Und jetzt fahren wir nach Hause zurück und atmen alle tief durch. Was für ein Tag!«

»Du sagst es.«

»Wie war's denn eigentlich bei dir? Bist du vor die Tür gegangen? Hast du einen Spaziergang gemacht?«

»Ich … alles gut.«

»Du hast nicht die ganze Zeit auf dem Sofa neben dem Telefon gesessen, oder?«

»Hätte ich sollen?«

»Papa …«

»Hör zu, mir geht's gut, danke. Hauptsache, Rachele geht es gut.«

»Wann sehen wir uns?«

»Ich weiß nicht. Wann sehen wir uns? Ihr seid diejenigen, die viel um die Ohren haben.«
»Schaffst du es nächstes Wochenende zu uns, falls du das Auto wiederhast?«
»Ich muss nicht früh da sein, um zu kochen, oder?«
Sonia lachte. »So ein Quatsch!«
»Und keine Kakis. Danke.«
»Kakis? O Gott …«
»Genau. Von wegen Glücksbaum …«

Während er telefonierte, war Elena aufgestanden. Sie war ins Schlafzimmer zurückgekehrt und hatte Mamas Kette aus der Tasche gezogen. Sie hatte sie lange angesehen und gedacht, dass ihr Anhänger schöner war, viel schöner; dass die unregelmäßige Form des Steins, die Oliviers Graveurfreund bewahrt hatte, die Maserungen und Kontraste besser zur Geltung brachte. Dann hatte sie sie zu den anderen in die Holzschachtel auf dem Wandbord gleiten lassen; es hatte ihr leidgetan, sie zurückzulassen. Sie war ins Arbeitszimmer gegangen, hatte sich hingesetzt und Gaston beim Fertigstellen der dritten Quarterpipe zugesehen.
»Bist du zufrieden mit diesem Tag?«
Er tropfte Klebstoff auf den Rand der Rampe, um die Zahnstocher zu befestigen, die als Geländer herhalten sollten. »Der beste«, sagte er ohne aufzusehen. Und dann: »Glaubst du, ich darf wiederkommen?«
»Ich weiß nicht.«

»Das wäre toll.«

»Wir können ihn fragen.«

»Wirklich?«

»Klar«, sagte Elena.

Letzten Sommer sind Jawad und ich mit den Zwillingen nach Ventotene gefahren. An einem Morgen haben wir bei der Buchhandlung Ultima Spiaggia haltgemacht und sind dann zur Cala Nave hinuntergegangen. Jawad hat sich sofort mit Maske und Schnorchel ins Wasser gestürzt, ich habe mich zum Lesen in die Sonne gelegt und hin und wieder aufgeblickt, um nach den Kindern zu sehen. Hinter ihnen, jenseits der Klippen, lagen die Insel Santo Stefano und das Gefängnis. Sie standen am Wassersaum, gruben die Zehen in den Sand und sahen zu, wie er im klaren Meer zerstob.

Ich schaute ihnen zu und dachte über ihr Leben nach, darüber, was sie erwartete. Ich habe diesen Augenblick stark empfunden – ich, sie, das Meer. Die Insel. In der Buchhandlung hatte ich einen Gedichtband von Neruda gekauft. Der Satz, den Ernesto hinten auf Irmas Foto geschrieben hatte, stammte aus *Die Nacht auf der Insel*. Mir war wieder in den Sinn gekommen, dass er für Irma Gedichte abschrieb, und ich hatte danach gegoogelt. »Die ganze Nacht hab ich geschlafen mit dir, nahe dem Meer, auf der Insel. Wild und lieblich warst du, im Wechsel von Lust und Schlaf, im Wechsel von Feuer und Wasser. Vielleicht vereinten sich spät, sehr spät unsere Träume hoch droben oder tief drunten« – und so weiter.

Ich habe nie mehr etwas von Ernesto gehört. Ich habe mich halb verrückt gemacht, um ihn zu finden, vergeblich. Dafür habe ich Irmas Foto aufgehoben, und eines Tages im Juli habe ich beschlossen, nach Ventotene zu fahren und die Gasse zu suchen, und Jawad zu einem Wochenendausflug überredet. Ich habe die Gasse gefunden. Der verwitterte Fensterladen war nicht mehr da, und auch der Blumentopf nicht, aber das Meer schon: Das Meer im Hintergrund war dasselbe, und auch das Mittagslicht.
Während ich den Kindern beim Spielen und Jawad beim Schwimmen zusah, habe ich überlegt, wie ich diesen Augenblick auf der Bühne erzählen würde – eine gelegentliche Fingerübung von mir –, einen Stift aus der Tasche gekramt und angefangen, mir auf den letzten Leerseiten der Neruda-Sammlung Notizen zu machen.

Ich stellte mir einen verwaschen blauen Hintergrund vor und ein Licht, das dem Wasser entspringt.
Zwei Kinder. Ein Erwachsener.
Der Erwachsene, der Vater, fordert die Kinder auf, sich mit dem Rücken zur Brandung zu stellen und auf das Ungewisse zu konzentrieren: Er weiß, wenn sie sind wie er, haben sie Angst, denn ihm hat das Meer immer Angst gemacht. Schließlich weiß man nie, worauf man sich bei diesem gewaltigen Unbekannten gefasst machen soll, ihm könnte jederzeit alles Mögliche entstei-

gen. Nach ein paar Minuten fragen die Kinder, ob sie sich umdrehen dürfen, doch der Vater beharrt, noch einen Moment durchzuhalten und den Blick auf ihn zu richten. Er sitzt an der Wasserlinie. Er sieht sie an, sie und diese gigantische Wassermasse hinter ihnen, deren Oberfläche in der Sonne flammt. Der Vater glaubt, das würde genügen: Ich sehe euch an, sagt er, und solange ich euch ansehe, kann nichts passieren. Die dünnen Kinderbeine verschwinden bis zur halben Wade im grünen Nass, ihre spitzen Schultern sind die der Mutter, die Ohren ganz der Großvater. Während er sie ansieht, denkt er an die Zeit, nicht an irgendeine Zeit, sondern an die Zeit, als er in ihrem Alter war, an die Zeit, als die Sommermonate endlos waren, an die zeitlose Zeit der Kindheit, an die unendlich ferne Zukunft, die umso unerreichbarer schien, je heftiger man etwas ersehnte. Die Abwesenheit des Bösen. Der feste Glaube, dass man sich von Krankheiten erholt, aus Erfahrung klug wird und dass Strafe jede Schuld begleicht. Die Schwerelosigkeit des Körpers. Das grenzenlose Vertrauen in die Eltern: der Kopf, der vor Fragen schwirrt, und die Erwachsenen als Hüter der Antworten.

Die Kinder fragen, ob sie jetzt rauskommen dürfen. Der Vater schaut sie an, wie sie mit dem Rücken zum Wasser stehen, er versucht, sich ihre Zukunft auszumalen, und ertappt sich beschämt bei der Frage, wo sie wohl sein werden, wenn er alt ist und ihre Hilfe braucht.

Dann sagt er, ja, klar, ihr dürft euch umdrehen.
Sie hüpfen aus dem Wasser, Füße und Knöchel mit schwarzem Sand bedeckt. Hocken sich zwischen seine Beine. Eines der beiden legt den Kopf in den Nacken, um in den Himmel zu schauen und den Wolken eine Form zu geben, das andere lässt den Kopf sinken, kneift die Lider zusammen und malt etwas mit dem Finger in den Sand. Schau mal, sagt es zum Vater und zeigt ihm seine Zeichnung. Was ist das?, fragt er. Ein fliegender Walfisch, antwortet der Sohn, ein fliegender Walfisch mit einem Schloss auf dem Rücken. Er ist wunderschön. Und wer lebt in dem Schloss? Ich weiß nicht, sagt das Kind. Tja, meint der Vater, dann sollten wir das entscheiden, wir können uns eine Geschichte ausdenken, die in dem Schloss spielt, dann wissen wir, wer dort lebt.
Manchmal legen Bänkelsänger am Ende einer Geschichte die Handflächen auf den Boden und sagen: Hier lasse ich meine Geschichte, damit andere sie mitnehmen können. Als er mit seinen Kindern am Strand sitzt, legt der Mann seine Hände auf ihre Schultern und erzählt ihnen eine Geschichte.

Plötzlich wurde ich nass gespritzt. Die Zwillinge stürzten sich auf mich, und ich konnte gerade noch das Buch zur Seite legen. Ich wickelte sie in die Handtücher ein. Rieb sie mit Sonnencreme ein. Sie fingen an, auf der Suche nach irgendetwas im Sand zu buddeln. Jawad war im Wasser, nur der Schnorchel und seine kraulenden Arme waren zu sehen. Ich zeigte ihn den Kindern und sagte: »Seht mal, das ist euer Papa. Schaut, wie er schwimmt.«

Stundenlang haben wir dann gemeinsam zwischen den Klippen nach Ernestos verschwundenen Schachteln gesucht, aber keine einzige gefunden.

Papa kam ins Arbeitszimmer.

»Und?«, fragte Elena.

»Anscheinend ist alles in Ordnung. Bleibt nur der gebrochene Arm, aber der wächst wieder zusammen.«

»Oh, ein Glück …«

»Der Arm wird wieder heil. Die Scheibe wird wieder heil. Am Ende bringen wir auch diesen Tag hinter uns. Und wisst ihr was? Obwohl es so windig ist, habe ich Lust, an die Luft zu gehen. Eigentlich ist es ganz angenehm draußen. Was habt ihr noch vor?«

»Na ja, wir brechen jetzt auch auf.« Elena kratzte sich am Kopf. »Wir müssen diese ganzen Sachen nach Hause kriegen.« Sie deutete auf die Rampen für das Fingerboard.

Gaston sprang auf. »Darf ich sie mit nach Hause nehmen?«

»Klar«, sagte Papa, »wolltest du sie etwa hierlassen?«

»Und …« Gaston sah seine Mutter an.

»Was?«, fragte Papa.

»Ich glaube«, sagte Elena, »Gaston möchte wissen, ob er eventuell wiederkommen darf, um noch mehr zu bauen oder diese hier fertigzustellen.«

Papa ließ ein paar Sekunden verstreichen, um die Spannung zu steigern, und runzelte unschlüssig die Stirn. Dann fing er an zu lachen. »Klar darf er das.«

Elena und Papa tauschten ihre Handynummern aus. Sie wollte ihm helfen, das Arbeitszimmer aufzuräumen, doch er wehrte ab, das sei nicht nötig, das könne er in aller Ruhe morgen früh erledigen oder heute Abend, wenn er wieder zurück wäre. Das habe keine Eile. Für ihn, dachte er bei sich, würde es keine Dringlichkeiten mehr geben außer die Zeit zu genießen, die ihm Menschen, die ihm etwas bedeuteten, gewährten. In dem Moment sagte er sich – vielleicht nicht so deutlich, wie ich es jetzt tue, doch als er es mir Jahre später sagte, war er unmissverständlich –, dass sich Dinge nur wiedergutmachen lassen, wenn man Fehler zulässt; wenn man akzeptiert, welche gemacht zu haben; und mehr noch, als es den anderen einzugestehen, muss man es sich selbst eingestehen: Wenn man seine Bereitschaft, sich zu ändern, nur in alle vier Winde brüllt, droht sie sich im Schrei zu erschöpfen. Das und Ähnliches dachte er. Das sagte er sich. Aber natürlich ist das nur die halbe Wahrheit, und um ehrlich zu sein, stinkt sie ein wenig nach Selbstlossprechung. Man kann nun einmal nicht alles wiedergutmachen, nicht einmal, wenn man Fehler eingesteht: Mama hat sich nicht weniger einsam gefühlt, nachdem er sich seine Fehler eingestanden hat, denn Mama war nicht mehr da, ihr Leben war bereits zu Ende.

Vorsichtig, um sie nicht zu zerdrücken, packten sie Quarterpipe, Straight Rail und Funbox in eine große Plastiktasche.

Auf der Treppe begegneten sie Andrea und seiner Mutter. Sie drückten sich gegen die Wand, um sie vorbeizulassen. Andrea murmelte gedankenversunken in sich hinein und würdigte sie keines Blickes. Die Frau grüßte, und Elena wie auch Papa bemerkten ihre müden Augen.

Dann, ehe sie auf dem Treppenabsatz verschwanden, fuhr Papa herum und sagte: »Der Aufzug.«

Andrea erstarrte.

»Er nimmt die Leute hoch. Das ist der Aufzug. Richtig?«

Als Andrea sich umwandte, strahlte ein riesiges Lächeln in seinem Gesicht. Er stieß die Fingerspitzen aneinander – nur die Fingerspitzen –, wie um zu applaudieren, den aufgeregten Blick auf einen fernen Punkt gerichtet, der nicht zu dieser Welt gehörte. Ohne auf Elena und Gaston zu achten, wieselte er mit kurzen, flinken Schritten die Stufen hinunter, stürzte wie zu einer Umarmung auf meinen Vater zu und hielt kurz vor ihm inne. Er streckte die erhobene flache Hand nach Papas Jacke aus, ohne sie zu berühren, und verharrte reglos. Trotz der implodierten Umarmung nahm mein Vater den Druck seines Körpers und jedes Molekül seiner Begeisterung wahr.

Als sie auf der Straße waren, sagte Elena, sie würden zur Piazza Vittorio gehen und dort auf den Bus warten. Papa erwiderte, er würde sie begleiten, und obwohl es

nicht die passende Jahreszeit sei, könnten sie vielleicht ein Eis essen: Ihm sei plötzlich danach.
Sie folgten dem Fluss. Der Wind hatte sich gelegt. Die herbstliche Nachmittagssonne erwärmte den Platz. Jenseits der Brücke erhob sich weiß die Kirche Gran Madre. Familien gingen spazieren, mit beseelt geröteten Wangen und vom Mittagessen prallen Bäuchen und Hunden an der Leine und Kindern, die nicht laufen wollten. Elena und Papa nahmen eine Waffel mit Pistazie und Schokolade: dieselben Sorten. Gaston nahm eine Zabaione. Sie schlenderten über den Platz, die laue Sonne auf der Stirn, und setzten sich an die Bushaltestelle.
»Ich glaube, heute Abend rufe ich meinen Vater an«, sagte Elena. »Normalerweise warte ich, bis er sich meldet, keine Ahnung, warum. Bei Mama denke ich öfter dran, nach dem Hörer zu greifen oder bei ihr vorbeizusehen. Bei ihm ist das anders, vielleicht weil er weit weg wohnt und eine andere Familie hat.« Sie leckte am Eis. Ihr fiel ein Artikel ein, den sie in einer Zeitschrift gelesen hatte. »Ich glaube, ich brauche das, dass man nach mir sucht.«
»Wo lebt er in Rom? Ein bisschen kenne ich mich dort aus.«
»An der Nomentana. Das klingt, als wüsste ich Bescheid, tue ich aber gar nicht, das ist seine Standardantwort auf die Frage, wo er wohnt: an der Nomentana. Wenn ich in Termini aussteige, finde ich mit Ach und Krach dorthin.«

»Ein Kollege von mir wohnte in der Gegend. Ich weiß noch, da gab's ein Lokal. Da habe ich fantastische Nudeln Cacio e Pepe gegessen.«

»Habe ich mal Cacio e Pepe gegessen?«, fragte Gaston und leckte seinen Löffel ab.

»Das ist wirklich unglaublich«, sagte Elena. »Du wirst nur wach, wenn es ums Essen geht.«

»Was habe ich jetzt wieder getan?«

»Gaston, kennst du die Geschichte dieser Statue?«, fragte mein Vater und deutete auf die Kirche Gran Madre auf der anderen Brückenseite.

»Welche Statue?«

»Die linke. Die Frau mit dem Kelch. Siehst du, dass die mit der anderen Hand auf einen Punkt zu ihren Füßen zu deuten scheint? Esoterikfans behaupten, dort sei der Graal versteckt.«

»Was ist der Graal?«

»Was ist der Graal?« Papa griff sich an die Brust. »Hast du nie *Indiana Jones* gesehen?«

Gaston linste fragend zu seiner Mutter hinüber.

»Ich bin mir nicht sicher«, sagte sie.

»Wie kann man denn *Indiana Jones* nicht gesehen haben?«

»Aber ich habe *Lords of Dogtown* gesehen.«

»*Lords* …«

»Ah«, sagte Elena. »Sehr gut, Gus, wehr dich.«

»Was ist das?«, fragte mein Vater.

»Ein Film übers Skaten. Die Geschichte von Stacy

Peralta, Tony Alva, Jay Adams. Die Z-Boys.«

Mein Vater hob die Hände. »Ich passe.«

»Ich war seit einer Ewigkeit nicht mehr im Kino«, sagte Elena. »Das klingt vielleicht komisch, aber Olivier hatte nie viel dafür übrig. Er mochte Liveshows lieber. Musik oder Theater.«

Papa seufzte. »Er hätte sich gut mit meiner Tochter Giulia verstanden.«

Elena sah ihn schief an. »Die, mit der Sie seit einer Weile nicht mehr reden?«

»Ich weiß nicht, wie das passieren konnte.«

»Haben Sie gestritten?«

»Gestritten? Nein. Wir haben nicht *gestritten.* Wir sollten einander anrufen, doch wir tun es nicht. Das ist wie bei Verdunstung. Wenn man eine Schüssel Wasser in die Sonne stellt, sieht man es auch nicht verschwinden, richtig? Selbst wenn man es nicht aus den Augen lässt. Aber irgendwann ist das Wasser futsch. Nach der Beerdigung musste sie beruflich fort. Ein paar Wochen später haben wir uns eine Nachricht geschrieben. Einmal habe ich sie angerufen, aber wir haben kaum geredet. Ein anderes Mal hat sie sich bei mir gemeldet, doch irgendwie war der Ton verkrampft. Als wüssten wir nicht, was wir einander sagen sollten. Und dann … ich weiß nicht.«

»Das legt sich wieder.«

»Meinen Sie?«

»Die Zeit ist ein gutes Heilmittel«, sagte Elena.

Mein Vater zuckte, als hätte ihn eine Wespe gestochen.
»Verrückt …«
»Was denn?«
»Das Gleiche habe ich heute Morgen zu einem Bekannten gesagt, einem Freund meiner Frau. Und ich dachte bei mir, so ein Schwachsinn, die Zeit heilt nicht alle Wunden. Aber jetzt, aus Ihrem Mund, möchte ich fast daran glauben.«
»Tun Sie das. Was nicht heißt, dass Zeit allein genügt. Sie ist kein Wundermittel. Sonst wäre es wie bei diesen Leuten, die glauben, sie würden von alleine gesund, ohne sich behandeln zu lassen. Die Zeit, na ja … Wenn wir genug davon haben, können wir uns umentscheiden. Noch mal von vorn anfangen.«
»Genau das habe ich zu Ihnen gesagt, als wir über Arbeit redeten.«
Elena musste lachen. »Verdammt. Sie haben recht. Am Ende meinen wir genau das Gleiche. Wer weiß, warum die Dinge aus einem anderen Mund immer besser klingen.«
»Vielleicht, weil es uns leichter fällt, anderen gute Ratschläge zu geben als uns selbst.«
So plauderten sie weiter und redeten über nichts Besonderes, bis der Bus vor dem Haltestellenhäuschen hielt und mit einem hydraulischen Schnaufen die Türen öffnete. Elena und Papa drückten einander zum Abschied die Hand, und er hielt ihre ein wenig länger als nötig, zumindest schien es ihm später so. Er lud

Gaston noch einmal ein, wiederzukommen und an seinen Rampen und allem anderen zu basteln, und beteuerte auf Elenas sanften Einwand, Gaston würde ihm nicht zur Last fallen, es wäre ihm eine Freude. Dann schlossen sich die Türen, der Bus fuhr los, und er sah ihm nach, wie er in die Via Po einbog und die Stadt ihn verschluckte, ein orangefarbener Fleck, der immer kleiner wurde und sich schließlich im Verkehr verlor. Langsam setzte Papa sich Richtung Fluss in Bewegung. Statt links zum Wasser hinunterzusteigen und entlang der Murazzi nach Hause zu gehen, überquerte er die Brücke und nahm das andere Ufer. Er kam an der Stadtbibliothek vorbei. Ihm fiel ein, dass er ein Buch zurückgeben musste, eine Abhandlung über Pfahlbauten, und nachdem er den Michelotti-Park durchquert hatte, erreichte er den Skatepark an der Motorradrennbahn, wo der Tag seine unerwartete Wendung genommen hatte. Fünf oder sechs Jugendliche hockten auf den Rampen, die Bretter neben sich, und aus einem Radio schallte italienischer Rap. Die Bänke waren leer. Er setzte sich einen Moment, um die Beine auszuruhen, legte einen Arm auf die Rückenlehne und drehte sich zum Fluss und der Stadt um; jenseits der Zweige und Blätter der Bäume ließ sich unweit der Häuserstreifen am Lungo Po Antonelli erahnen, zu dem auch sein Haus gehörte, und er dachte, das dies ein wirklich schöner Ort zum Leben war.

Mit der Verletzlichkeit meiner Eltern wusste ich nie gut umzugehen: Ich habe nie aufgehört, mich ihnen gegenüber als Tochter zu fühlen und diejenige sein zu wollen, die umsorgt wird. Mir erschien es selbstverständlich, dass sie, weil sie älter waren, auch besser sein müssten als ich, eine dieser unverrückbaren Tatsachen, an denen es nichts zu rütteln gibt. Sie mussten wissender sein, stärker, in der Lage, jede Situation vernünftiger zu meistern, und damit meine ich generell die Art, mit Problemen fertigzuwerden. Natürlich gab es den körperlichen Verfall und all das, aber was mich betrifft, war es weiterhin an ihnen, Licht in die Geheimnisse des Lebens zu bringen.
Doch es kommt der Moment, in dem die Rollen wechseln oder sich zumindest überlagern.
Auch daran ist nicht zu rütteln.

An dem Sonntag, an dem mein Vater Elena und Gaston kennenlernte, war ich wie gesagt beruflich in Vicenza, begleitet von Irmas Foto, der Liebe, die ein ehemaliger Bühnenbauer für sie empfand, und der meinen für Jawad, der mir entsetzlich fehlte. Als ich am Spätnachmittag ins Hotel zurückkam und das Foto zwischen den Seiten des Buches hervorlugen sah, das ich gerade las, dachte ich an Ernestos einsame Frühstücke, an die

in den Milchkaffee gebröselte Focaccia, an seine verhaltenen Gesten, und der Gedanke an ihn, an diese hingebungsvoll gekauten Krumen, ließ mich an meinen Vater denken.
Sonia hatte mir von dem Mittagessen erzählt, und dass sie hoffte, er hätte alles einfrieren können. Ich hatte mich gefragt, was er wohl gemacht, wie er den Tag verbracht hatte. Bei der Vorstellung, wie er allein zu Hause saß und auf Neuigkeiten von Rachele wartete, dazu das Auto, das in der Werkstatt war, und das ganze Essen, das kalt wurde, überkam mich eine kindliche Wehmut, ähnlich der, die ich als kleines Mädchen empfunden hatte, wenn ich mit den Großeltern in die Ferien fuhr, nur dass sich diesmal ein kratziges Schuldgefühl in die Wehmut mischte.
Nachdem ich geduscht hatte, ging ich hinaus, um mir die Beine zu vertreten. Es dämmerte. Ich lief eine Einkaufsstraße entlang, die vor Trugbildern wimmelte. In den verchromten Schaufensterrahmen spiegelten sich die Leuchtreklamen, es roch nach Popcorn und Butter. Die Luft war durchscheinend, genau wie das Eis an jenem Tag, als wir Schlittschuhlaufen gewesen waren; ich musste an die Walfische denken. Vor dem Schaufenster eines Spielzeugladens, in dem Spieluhren ausgestellt waren, blieb ich stehen: Manche drehten sich, aber ihre Melodien blieben hinter dem Glas gefangen. Ich holte das Handy hervor. Drückte die Wahltaste. Es klingelte lange, und ich wollte schon wieder auflegen.

Doch dann.

»Hallo?«

Seine Stimme zitterte, weil er wusste, dass ich es war. Er hatte die Nummer erkannt, die er seit Wochen auf dem Zettel gelesen hatte und inzwischen auswendig wusste.

»Papa«, sagte ich und musste – wie albern – einen Schluchzer unterdrücken.

Er sagte meinen Namen, wie nur er ihn zu sagen vermochte, und nichts weiter.

»Wie geht es dir?«

Es stimmt schon, die Zeit tut das ihre. Man könnte es Evolution nennen. Wir mutieren, ohne es zu merken, jeden Tag ein bisschen, derweil wir damit beschäftigt sind, zu leben, Rechnungen zu bezahlen oder Urlaube zu buchen.

Papa und ich nahmen wieder Kontakt auf. Ich fing an, ihn mit Jawad zu besuchen: Ich schlief in meinem Bett und Jawad in Sonias. Nur selten redeten wir wirklich miteinander, obwohl ich das gern getan hätte, oder mit dem gewünschten Tiefgang, aber das war in Ordnung. Wir gewannen wieder an Nähe. Von Zeit zu Zeit forderte er mich auf, mit ihm einen Spaziergang in die Hügel Richtung Superga zu machen, die Cartman-Straße hinauf; dann hatte er womöglich einen neuen Weg entdeckt und wollte ihn mir zeigen. In jenen Momenten, mitten in irgendeinem Wald, gelang es uns manchmal, den einen oder anderen Knoten zu lösen. Einmal fragte er mich, woran ich gerade arbeitete. Ich antwortete, an *Ein Volksfeind* von Ibsen. Er fragte, ob ich den nicht schon in der Oberstufe gemacht hätte. Ich sagte, das sei an der Uni gewesen, aber er habe recht, ich hätte die Petra Stockmann gespielt; jetzt würde ich Regie führen. Sein Blick leuchtete unversehens auf. Er sagte, er könne sich gut an das Stück erinnern, am Ende sei das gesamte Publikum aufgestanden

und habe geklatscht. »Das ist es, richtig? Das war ein Erfolg!«, und in seiner Stimme schwang ein Stolz mit, der mich am Weitergehen hinderte. Zwischen einem Zweig und einem Baumpilz webte eine Spinne ihr Netz. Fassungslos starrte ich ihn an. Fragte ihn, wie er es wagen könne, so etwas zu sagen. Er stellte einen Fuß auf einen Felsen, stützte die Hand auf den Oberschenkel und blickte mich verständnislos an.
Das ganze Theater war aufgesprungen. Alle. Bis auf ihn. Ich sagte, ich hätte alles genau vor Augen: Mama, die sich die Seele aus dem Leib klatscht, und neben ihr die Lücke. An den Beifall konnte ich mich gar nicht erinnern. Da war nur eine Menge Menschen, die vollkommen lautlos in der Luft herumrührte.
»Der einzige Beifall, den ich wollte, war deiner, und du bist sitzen geblieben. Du hattest es mir versprochen.«
»Ich habe nicht …«
»Was?«
»…«
»*Ich habe nicht* was?«
»Ich weiß nicht. Ich habe so mit dir mitgefühlt.«
»Du hast mit mir mitgefühlt und bist sitzen geblieben?«
»Aber das war doch offensichtlich, oder nicht? Ich habe mich über deinen Erfolg gefreut.«
Mir wurde fast schwindelig. Ich vergrub die Finger im Haar. Ich brüllte, nein, das sei alles andere als offensichtlich gewesen, wenn man jemanden liebe, müsse man es ihm kundtun, man müsse die Liebe ausspre-

chen. Aussprechen. Und zeigen. »Verstehst du?« Tränen stiegen mir in die Augen, und ich schaute weg, zu dem Pilz und dem Spinnennetz.
»Oh«, sagte er, und dann: »Es tut mir leid.« Er wiederholte es ein paarmal ganz leise. Es tut mir leid.
In jenen Jahren sagten wir uns mitunter auch solche Dinge.

Er fing an, ein paar Tage pro Woche bei Sonia und Marco in Biella zu verbringen, um ihnen mit Greta und Rachele unter die Arme zu greifen: Zwischen Arbeit, Schwimmkurs, Aikido und Hort kamen sie nicht hinterher. Sie stellten ihm ein Schlafsofa ins Arbeitszimmer, das zu seinem Zimmer wurde. Zwar hatte er für das Landleben nicht viel übrig, doch er genoss die Zeit mit seinen Enkelinnen, und wo er schon einmal dort war, ging er auch Marco ein wenig zur Hand, damit die Bruchbude, die sie hartnäckig als Haus bezeichneten, nicht über ihnen zusammenstürzte. Sie bauten sogar eine kleine Brücke über dem Rinnsal zwischen dem Grundstück und einem Weißdornhain, in dem die Mädchen spielten und sich ihre Fantasiewelten erschufen; damit sie beim Hinüberspringen nicht hineinfielen.
Dann kam der Tag, an dem Jawad und ich verkündeten, dass wir Zwillinge erwarteten. Nein, wir wüssten nicht, was es werde, und wollten es auch nicht wissen, und nein, fürs Erste würden wir nicht heiraten, und ja,

wir würden in Rom bleiben. In der kleinen Wohnung würde es zwar eng werden, doch für den Anfang würden wir uns arrangieren: Wenn es irgendwann nicht mehr ginge, würden wir uns auf den leidigen römischen Immobilienmarkt stürzen und etwas Größeres suchen.

Es folgten Jahre der Festigung. Die Zwillinge hatten sich zu uns gesellt und taten alles, um sich bemerkbar zu machen. Sonia und Marco nahmen ein Pflegekind auf, und der Junge stellte ihren Alltag noch gründlicher auf den Kopf, als es Greta und Rachele schon taten, und abermals war Papa mit ungeahnter Großzügigkeit zur Stelle.

Eine neue Eintracht verband uns, die die alten Unstimmigkeiten zwar nicht kleiner, aber handhabbarer machte. Es ging nicht darum, zu begraben und zu vergessen: sondern zu verzeihen.

Es war eine neue Zeit.

Man musste sie genießen.

Dann, eines Tages, zehn Jahre nach Racheles Sturz vom Kakibaum, als er in der Wohnung am Lungo Po Antonelli gerade eine Glühbirne wechselte, fiel Papa von der Leiter. Er merkte, wie ihm schwarz vor Augen wurde, und konnte gerade noch zwei Stufen hinuntersteigen und mit der Spitze seines Pantoffels nach dem Fußboden tasten, dann wurde er bewusstlos; als er die Augen wieder aufschlug, lag er am Boden, die kalten Terrazzofliesen an der Wange. Er lag da und dachte: was zum Kuckuck … Alles war puddingweich. Seine Beine krampften. Sein Kopf schmerzte, er tastete nach dem Schmerz, und als er die Hand zurückzog, klebte Blut an seinen Fingern. Was zum Kuckuck … dachte er noch einmal. Endlich fand er die Kraft, sich hochzurappeln, er verarztete die Wunde, setzte sich aufs Sofa und wartete, bis sie zu bluten aufhörte. Uns sagte er nichts. Er ging zum Arzt, der ihm Untersuchungen verordnete, doch dazu kam es nicht, denn zwei Tage später verlor er abermals das Bewusstsein, diesmal auf der Straße. Ein Metzger kam aus seinem Laden zu Hilfe und rief den Krankenwagen. Den ganzen Nachmittag verbrachte er in der Notaufnahme, und es war bereits dunkel, als eine Ärztin ihm mitteilte, dass sie ihn dabehalten müssten. Bei den Untersuchungen waren Gerinnsel in der Lunge festgestellt worden,

die das Herz daran hinderten, das Gehirn mit ausreichend Blut zu versorgen.
»Haben Sie jemanden, den Sie anrufen können?«
Er entschied sich für Sonia: Von uns dreien war sie am nächsten.
Am folgenden Tag zur Mittagszeit gab Sonia mir und Ale Bescheid: Alles sei unter Kontrolle, sagte sie, sie würde uns auf dem Laufenden halten; am Morgen darauf rief sie abermals an und sagte, es sei doch nicht alles in Ordnung und Papa müsse operiert werden: Die Sache sei ernster, als die Ärzte zunächst angenommen hätten. Ich hatte zu lesen und zu schreiben, das konnte ich überall tun. Jawad war gerade aus Singapur zurück und auf dem Sprung nach Agrigent, doch wir beschlossen, dass er den Termin in Sizilien absagen und bei den Kindern bleiben würde, damit ich nach Turin fahren und während der OP und der folgenden Tage bei Papa sein konnte. Sollte sich die Sache in die Länge ziehen, würden sie in den Osterferien nachkommen. Ale brauchte drei Tage, um seine Arbeit bei der ECHA zu organisieren, dann war auch er da. Und so wohnten wir beide plötzlich wieder zusammen in der Wohnung am Lungo Po Antonelli. Wie lange waren wir nicht mehr zu zweit gewesen? Fünfzehn Jahre vielleicht. Oder noch länger.
Wir teilten uns den Tag auf. Morgens ging ich ins Krankenhaus, während Ale zu Hause blieb und Telefonkonferenzen mit seinen Kollegen abhielt, nachmit-

tags löste er mich ab. Ich nahm Theaterstücke zum Lesen mit, USB-Sticks mit Videos von Inszenierungen, die ich mir auf dem Computer ansah, und technische Daten zur Auswertung. Abends stieß Sonia zu uns. Einmal nahm sie Rachele mit, aber obwohl sie schon fast siebzehn war, war sie derart verstört vom Anblick des abgezehrten, hohläugigen Großvaters – tatsächlich klagten die Krankenschwestern, er müsse sich zwingen zu essen – mit dem Tropf im Arm, der ihn mit einer zuckrigen Flüssigkeit versorgte, dass es bei dem einen Mal blieb.

Die Operation war gut verlaufen. Sagten die Ärzte. Doch er erholte sich nur mühsam, und die Genesung verlief schleppend; er musste ein zweites Mal operiert werden. Jawad und die Zwillinge kamen für ein paar Tage herauf, er ging mit ihnen ins Ägyptische Museum und ins Filmmuseum, und eines Abends auf dem Weg zum Thairestaurant zeigte ich ihnen von der Straße aus, in welchem Zimmer Opa lag. Für eine Woche kehrte ich nach Rom zurück. Dann fuhr ich wieder nach Turin. Ehe Ale nach Helsinki aufbrach – er konnte nicht länger fortbleiben –, aßen er, Sonia und ich am Lungo Po Antonelli zusammen zu Abend. Sonia hatte Vitello tonnato geholt, und Alessandro versuchte sich in der Zubereitung von *kalakukko*, einem angeblich traditionellen finnischen Gericht, das bei ihm eher zu einem Mischmasch aus Fisch, Bacon und Speck geriet, den er in ein Roggenbrot stopfte und in Aluminium gewickelt in den Ofen schob. Es sah es aus, als wollte er einen Beweis für menschliches Leben zum Mars schicken. Wir nannten das geheimnisvolle Objekt Holden, wegen des Roggens.

»Hat er heute was gegessen?«, fragte Sonia.

»Ja, Kartoffelbrei und Erbsen. Übrigens, erinnert ihr euch an die Frau aus dem Nebenzimmer, diese Blonde mit dem unsympathischen Mann? Die ist Altistin. Ich glaube, sie ist ausgebildete Sängerin. Nach dem Mittagessen hat sie angefangen, irgendeine Arie zu singen. Papa wusste natürlich sofort, welche. Er hat es mir gesagt, aber ich hab's vergessen. Die ganze Abteilung hat Gänsehaut bekommen. Die Leute haben sich in der Zimmertür gedrängelt. Eine Krankenschwester hat sogar geweint.«

»Wie klingt ein Alt?«, fragte Ale.

»Soweit ich weiß, ist das die tiefste weibliche Singstimme«, antwortete Sonia.

»Manchmal bekamen die Altstimmen eine Männerrolle *en travesti*. Meist Knaben oder junge Männer.«

»Musik tut Kranken gut«, sagte Ale.

»Musik tut jedem gut«, sagte ich. »Kommt allerdings auf die Musik an.«

»Hört mal ...« Sonia holte eine Flasche von Papas Arneis aus dem Kühlschrank.

In ihrer Geste lag etwas Ungehaltenes, und ich fragte, ob sie uns etwas mitteilen müsse, das nach Alkohol verlangte.

Sie ließ ein grunzendes, freudloses Lachen hören. Ale, der vor dem Backofen hockte und nach Holden sah, stand auf und grinste schief. »Wusstet ihr, dass es in Finnland ein Wort gibt, *kalsarikännit*, das bedeutet, sich zu Hause in Unterhosen besaufen?«

Ungläubig zog ich die Brauen hoch.

»Ich schwöre.«

Sonia entkorkte die Flasche und füllte drei Gläser. »Gestern habe ich mit Papa über ein paar Dinge gesprochen. Über die Wohnung. Diese hier. Und auch über seine Ersparnisse. Er hat davon angefangen.«

»Willst du etwa sagen, was ich gerade denke?«

Sonia reichte uns die Gläser, und wir stießen an. »Auf die heiklen Themen.«

»Komm schon, Mann«, sagte ich. »So schlecht geht es ihm nun auch wieder nicht.«

»Aber es geht ihm auch nicht gut, Giulia. Außerdem geht es nicht *darum.* Also, es ist nicht … egal, jedenfalls habe nicht ich mit dem Thema angefangen. Sondern er. Er hat darauf bestanden, darüber zu reden. Er hat mich drum gebeten.«

»Und?«

»Und er hat ein paar Dinge gesagt, die wir alle wissen sollten. Zum Beispiel, dass in der Nachttischschublade ein Umschlag mit Informationen zu seinen Konten liegt.«

»Wie viele hat er denn?«, fragte Ale.

»Drei.«

»Drei?«
»Offenbar hat er die Dinge bereits so geregelt, dass jeder von uns einen Teil der Ersparnisse bekommt. Er sagte, sobald es ihm besser geht, kümmert er sich darum, dass jeder von uns seine Unterschrift unter das ihm zugedachte Konto setzen kann.«
Wir tranken einen Schluck Wein, alle drei gleichzeitig. Wir schwiegen. Die Neuigkeit hatte uns sprachlos gemacht. Aus dem Hof drang Kindermusik herauf. Ale warf einen Blick hinunter und sagte, ein kleines Mädchen feiere Kindergeburtstag.
»Um diese Zeit?«, fragte ich. »Es ist fast dunkel.«
»So sind sie, die Kinder von heute.«
»Sag das bloß nicht den Zwillingen. Die brauchen das nicht zu wissen.«
Sonia nahm sich einen Cracker und bestrich ihn mit Butter und Sardellenpaste. »Dann ist da die Wohnung.«
Ich fragte, ob Papa die auch schon aufgeteilt habe. »Ein Zimmer für jeden?«
»Ich will das Bad«, sagte Ale.
Ich presste die Finger auf die Lider. Ich hatte keine Lust, über diese Dinge zu reden.
»Bleibt mal ernst. Will einer von uns dreien sie behalten? Ale vielleicht, solltest du nach Turin zurückkehren.«
»Also, die Wahrscheinlichkeit, dass ich nach Turin zurückkomme, ist noch geringer, als am Strand vom Blitz

getroffen zu werden, die wiederum höher ist, als einem Attentat zum Opfer zu fallen.«

»Willst du damit sagen, dass du kein Interesse hast?«

»An der Wohnung? Klar habe ich Interesse. Ich hänge daran. Aber ich bezweifle, dass ich jemals darin wohnen werde.«

»Also …«, sagte ich.

»Und du?«, fragte Sonia. »Könntest du dir vorstellen, hier mit Jawad und den Zwillingen zu leben?«

Ich blies die Backen auf. »Nein. Das heißt, ich weiß es nicht. Ich glaube nicht. Wieso sollten wir nach Turin ziehen? Unser berufliches Leben ist zwar an keinen festen Ort gebunden, vor allem Jawads nicht, aber natürlich ist Rom besser. Mehr Leute. Mehr Kontakte. Die Gelder. Dort sind sämtliche Behörden, und glaubt mir, es ist äußerst praktisch, mit dem Moped losrasen zu können, um einen vergessenen Stempel zu besorgen. Außerdem haben die Zwillinge dort inzwischen ihre Freunde.«

Sonia ließ die Messerspitze gegen die Flasche klirren. »Also … wird sie verkauft.«

Ale fuhr auf. »Sie wird verkauft?«

»Na klar.«

»…«

»Entschuldige, was willst du denn machen?«, fragte Sonia. »Sie vermieten? Und wer kümmert sich drum?«

»Nein, na ja … Es ist nur …«

Ich konnte nicht mehr sitzen bleiben. Ich stand auf.

»Vergiss Holden nicht, Ale.«
Ale ging zum Ofen und spähte hinein.
»Also?«, sagte Sonia.
»Also, also«, blaffte ich. »Müssen wir das jetzt entscheiden? Komm schon, das ist ja so, als wäre Papa schon tot.«
»Er hat darum gebeten, dass wir darüber sprechen«, sagte Sonia.
»Na schön. Und wir sagen ihm, dass wir darüber gesprochen haben. Und beschlossen haben, dass wir zu gegebener Zeit weiterreden.«
Ale setzte sich wieder, nahm sein Weinglas in beide Hände und drückte es gegen die Stirn, als wollte er es segnen. »Ich kann jedenfalls gar nicht daran denken, diese Wohnung zu verkaufen.«
»Eben«, sagte ich. »Dann denken wir nicht dran und belassen es dabei.«
»Aber irgendwann müssen wir eine Entscheidung treffen.«
»Und das werden wir, Sonia. Das werden wir. Wie wär's, wenn wir jetzt alle drei einmal tief durchatmen?«
In dem Moment klingelte es. Andrea stand auf dem Treppenabsatz und brüllte »Ciao!«, noch ehe jemand von uns aufstehen und zur Tür gehen konnte. Wir mussten alle drei lachen. Wir knobelten, wer öffnen sollte, und ich zog den Kürzeren. Derweil setzte sich Andreas Ciao-Leier ununterbrochen fort.
Ich hatte Andrea seit einer ganzen Weile nicht gese-

hen. Er war erwachsen geworden, trug das Haar an den Seiten kurz und zu einem frechen Schopf frisiert, steckte aber noch immer in einem seiner üblichen Adidas-Anzüge. Er wollte uns einen Kuchen bringen, den seine Mutter gebacken hatte. Sie hatten zu Hause gefeiert, und es war viel davon übrig geblieben. »Es sind nicht alle gekommen, die ich eingeladen hatte«, sagte er. »Nur fünf.« Er spreizte die Finger, um die Zahl zu zeigen. »Deshalb ist Kuchen übrig geblieben.« Ich fragte, ob es ein Geburtstagsfest gewesen sei, und er sagte, nein, nur ein Fest: um zu feiern. Ich sagte, fünf Freunde seien doch das Allerbeste, aber sechs seien auch in Ordnung. Andrea forderte mich zum High five auf, wegen der fünf Freunde. Ich schlug ein. Dann rannte er davon.

Wir blieben noch lange auf. Sonia beschloss, nicht nach Biella zurückzufahren, sagte Marco Bescheid und blieb über Nacht. Wir beschworen die Geister unserer Kindheit herauf. Man musste sich nur umblicken, schon ließ jeder Gegenstand eine Erinnerung auflodern, die sich wie eine Papiertüte in den Zweigen der Vergangenheit verfangen hatte. Wir beschlossen, dass es Papa besser ging und es vor allem eine Frage der inneren Verfasstheit war: Wir mussten ihn bei Laune halten, dann würde er es schaffen.

Keiner von uns ging ins Bett. Wir nickten auf dem Sofa und in den Sesseln ein, hörten Jazz aus dem Radio und tranken Mirto und Genepì. Irgendwann – es war fast Morgen – wachte ich auf. Ich wickelte mich in eine Wolldecke. Schlich zur Balkontür, die offen geblieben war. Es hatte angefangen zu nieseln, und ein angenehmer Duft lag in der Luft. Ich meinte, einen Schatten zwischen den Blumentöpfen kauern zu sehen. Ich sah, wie er den Rauch einer Zigarette zu einem Restchen Mond hinaufblies, das hin und wieder über den Dächern durch die Wolken schimmerte. Ich ließ mich neben dem Schatten nieder und blieb dort sitzen, bis die Sonne aufging.

Am nächsten Tag sollte er entlassen werden, so hatte man es uns versprochen. Am Vormittag ging die Tür auf. Mit der Selbstverständlichkeit eines Menschen, der sich auskennt, kam eine Krankenschwester herein, und als sie Papa halb weggedämmert im Bett liegen sah, sah sie ihn genauer an und stand lange stumm und reglos da. Ich saß am Fenster und las. Das Licht sickerte durch das Eschenlaub und fiel auf die Seiten. Ich blickte auf und wartete, dass die Schwester etwas sagte; sie hatte helle Haut und blondes Haar, das über die Ohren fiel, ihre Hände steckten in den Taschen ihres kurzärmeligen Kittels, und das Geräusch und die Bewegungen unter dem sich wölbenden Stoff verrieten, dass sie mit einem Schlüsselbund spielte.

»Kann ich Ihnen helfen?«

Sie sah mich an, ohne etwas zu sagen.

»Er ruht sich aus«, sagte ich und deutete auf meinen Vater. »Brauchen Sie etwas?«

»Sie sind …«

»Die Tochter.«

»Sehr erfreut«, sagte sie und hielt mir die Hand hin. Ich stand auf, legte das Buch auf den Stuhl und trat auf sie zu. Sie sagte: »Es ist nur … Nun, ich kenne Ihren Vater.«

»Wirklich?«

»Ja. Wir sind uns vor einigen Jahren begegnet. An einem Sonntag.«
»Wo?«
»Nicht weit von seiner Wohnung. In einem Skatepark.«
»Der bei der Motorradrennbahn?«
»Genau. Ein seltsamer Tag. Am Ende sind mein Sohn und ich sogar zum Mittagessen bei ihm gelandet.«
»Zum Mittagessen?«
»Das ist eine schöne Geschichte, glauben Sie mir. Man sollte sie aufschreiben. Nun ja, es war wichtig, ihm an diesem Tag zu begegnen. Ich hoffe, Sie halten mich nicht für verrückt, dass ich Ihnen das einfach so sage. Wir haben uns nur unterhalten. Danach ist mein Sohn noch ein paar Monate zu Ihrem Vater gegangen. Ich brachte ihn hin und holte ihn wieder ab. Aber alles geht schließlich irgendwann zu Ende. Andere Interessen. Andere Verpflichtungen. Wir haben uns aus den Augen verloren. Doch dieser Tag, der war etwas Besonderes.«
»Und was hat Ihr Sohn bei meinem Vater gemacht?«
»Er hat Modelle gebaut.«
Ich lachte. »Na, das sieht meinem Vater ähnlich. Das wundert mich nicht.«
»Gaston war ein begeisterter Skateboarder. Er war schon immer einer mit *großen* Leidenschaften. Sie packen ihn und verschlingen ihn mit Haut und Haar, wie Buschfeuer. Und dann hatte er dieses Ding, das man mit den Fingern antrieb. Mir fällt gerade der Name nicht ein.«

»Wie, mit den Fingern?«
»Na ja. Er benutzte ein Mini-Rollbrett und bewegte es mit den Fingern.«
»Und was genau haben sie gebaut?«
»Rampen. Für das Mini-Brett.«
»Wie alt war Ihr Sohn?«
»Damals zwölf oder dreizehn.«
»...«
»Hat er Ihnen nie davon erzählt?«
Ich schüttelte den Kopf. »Und wie habt ihr euch kennengelernt, wenn ich fragen darf?«
»Das ist die Geschichte. Sagen wir es so, es war ein Tag, an dem wir einsam waren. Alle drei. Er, ich und mein Sohn. Ich glaube, eine seiner Enkelinnen hatte sich verletzt. Vielleicht Ihre Tochter?«
»Nein«, sagte ich. »Das muss eine Tochter meiner Schwester gewesen sein.« In dem Moment rührte sich Papa unter der Decke und blinzelte. »Tja, Sie haben wohl recht. Das sollte man aufschreiben. Sie müssen mir alles erzählen.«
»Ich bin eingeschlafen«, nuschelte Papa mit verklebter Stimme.
»Gut gemacht«, sagte ich. Ich hielt ihm ein Taschentuch hin, damit er sich die Lippen abwischen konnte, und half ihm, das Kissen im Rücken aufzuschütteln und sich aufzusetzen. »Hör mal, Papa, hier ist jemand. Sie sagt, sie kennt dich.«
Die Krankenschwester trat ans Fußende des Bettes

und legte die Hände auf die Metallstange. Papa schaute sie einen Moment lang ratlos an, dann verzog er verblüfft das Gesicht und machte große Augen. »Das ist ja eine Überraschung!« Die Schwester nickte. Offenbar war sie ebenfalls bewegt, denn ihre Lippen zuckten nervös. Papa musterte sie von den Hosen bis zu den Haarspitzen und ließ den Blick über das Namensschildchen am Kittel wandern, auf dem der Vor- und Nachname stand. »Sie sind Krankenschwester geworden.«

»So sieht's aus.«

»Das freut mich aber.«

»Ja. Und das habe ich nicht zuletzt Ihnen zu verdanken …«

»Mir?«

»Natürlich. Sie haben darauf bestanden, dass ich es versuche. Immer wieder haben Sie davon angefangen, ehrlich gesagt, war das fast schon nervig. Aber Sie haben gut daran getan. Denn am Ende habe ich es versucht.«

»Das ist ja was …« Papa sah mich an. »Das ist Jahre her.« Dann blickte er wieder die Frau an. »Und Ihr Sohn?«

»Dem geht's gut. Er studiert in Rom. Er wohnt bei meinem Vater.«

»Und was studiert er?«

»Grafik. Irgendwas mit Videodesign.«

»Ich weiß noch, wie er zu mir zum Basteln kam … Wie

hieß noch dieses kleine Skateboard, das er mit den Fingern bewegte?«
»Ich kann mich auch nicht mehr erinnern.«
»Er machte Kunststücke damit.«
»Das stimmt.«
»Papa«, sagte ich gespielt empört, »du hast mir nie davon erzählt.«
Er sah mich an und blinzelte wie geblendet. »Ach nein?«
»Na ja, es war keine große Sache … Er war vielleicht fünf oder sechs Mal dort«, sagte die Schwester.
Dann sagte Papa plötzlich ihren Namen: Elena. Ohne das Schildchen zu lesen. Als wäre er ihm schlagartig wieder eingefallen. »Elena und Gaston.«
»Ganz genau«, sagte sie.
»Arbeiten Sie denn hier? Ich habe Sie nie gesehen.«
»Ja.«
»Dabei liege ich schon eine ganze Weile hier. Wer weiß, wann sie mich rauslassen.«
»Ich bin in einer anderen Abteilung. Gestern in der Aufnahme ist mein Blick auf Ihre Akte gefallen. Ich habe Ihren Namen gelesen. Es hätte auch jemand mit dem gleichen Namen sein können. Aber dann habe ich die Adresse gesehen. Das mussten Sie sein.«
Papa nickte.
»Wie fühlen Sie sich?«
»Zerschlagen. Müde und zerschlagen. Als wäre ein ganzer Berg auf mich niedergestürzt. Geröll, Bäume,

Murmeltiere. Alles. Aber ich werde gut versorgt.« Er tastete nach meiner Hand auf der Bettdecke und drückte sie.

»Das ist die Hauptsache.«

»Elena und Gaston«, wiederholte er bedächtig und musterte sie. Er konnte es nicht fassen. »Also ist am Ende alles gut gegangen.« Er nickte nachdrücklich und versonnen, ohne eine Antwort zu brauchen. Ein Windstoß fuhr durch die Esche und ließ Lichtkonfetti auf den Fußboden, das Bettzeug und unsere Körper regnen. »Alles ist gut gegangen«, wiederholte er. »Das macht mich froh.«

Nachdem wir uns mehrmals gesprochen hatten, während ich an dieser Geschichte schrieb, sind Elena und ich in Kontakt geblieben, und da ich zurzeit an einem Stück mit Videoprojektionen arbeite, hat sie mir Gastons Nummer gegeben. Gestern habe ich ihn getroffen. Er hat immer noch diese stolzen Wangenknochen, von denen mein Vater sprach. Ich glaube, ich hole ihn ins Boot: Er ist wirklich gut.

Nach dem Krankenhausaufenthalt wegen der Lungengerinnsel versuchte Papa noch ein paar Jahre vergeblich, sich die Namen der Bäume zu merken. Dann, kurz vor seinem achtzigsten Geburtstag, stürzte er an einem Augustnachmittag erneut, diesmal auf einer Wiese unweit von Salgaris Haus, und stand nicht mehr auf.

Die Wohnung am Lungo Po Antonelli gehört noch immer uns. Greta und Rachele wohnen darin, sie studieren in Turin. Es ist schön, dass die beiden sie bewohnen, dass ihre Freundinnen und Freunde dort ein und aus gehen, dass es darin nach Marihuana riecht und sie dort Liebe machen. Und es ist schön, dass es für uns drei noch immer einen Ort gibt, an den wir hin und wieder zurückkehren können, um Zwiesprache zu halten mit der Zeit, die verstreicht, und unseren Frieden mit ihr zu suchen.

Zitiert wurde aus:

Raymond Carver: *All of Us: The Collected Poems.* Vintage Books, New York 1996.

Walt Whitman: *Gesang von mir selbst.* Übertragen und eingeleitet von Max Hayek, Wiener Graphische Werkstätte, Leipzig und Wien, 1920.

Richard Ford: *Wild leben.* Aus dem Amerikanischen von Martin Hielscher, Hanser Verlag München 2012.

Pablo Neruda: *Die Gedichte.* Herausgegeben von Karsten Garscha, Luchterhand Literaturverlag, München 2009.